MW00763884

FLORA
LA FRESCA
Y EL ARTE DE LA AMISTAD

VERONICA CHAMBERS es editora de Narrative Projects en *The New York Times*. Autora prolífica, es mejor conocida por su obra *Finish the Fight!* [¡Da la pelea!], *bestseller* del *The New York Times*. También por la memoria *Mama's Girl* [La niña de mamá], aclamada por la crítica y por las biografías ilustradas *Shirley Chisholm Is a Verb!* [¡Shirley Chisholm es un verbo!] y *Celia Cruz, Queen of Salsa* [Celia Cruz, reina de la salsa]. Nacida en Panamá y criada en Brooklyn, Veronica escribe con frecuencia sobre su herencia afrolatina. Habla, escribe y lee español con fluidez, pero es mejor en Spanglish.

veronicachambers.com · @vvchambers

SUJEAN RIM es autora e ilustradora de la famosa y querida serie *Birdie: Zoogie Boogie Fever!* [Birdie: La fiebre del Zoogie-Boogie] y *Chee-Kee: A Panda in Bearland* [Chee-Kee: un panda en Tierraoso], entre otros. Ha trabajado como ilustradora para Tiffany & Co., Target y la página web DailyCandy. Sujean vive en Nueva York con su artista favorito y esposo, Bob, y su hijo, Charlie.

sujeanrim.com · @sujeanpics (IG) · @sujeanie (TW)

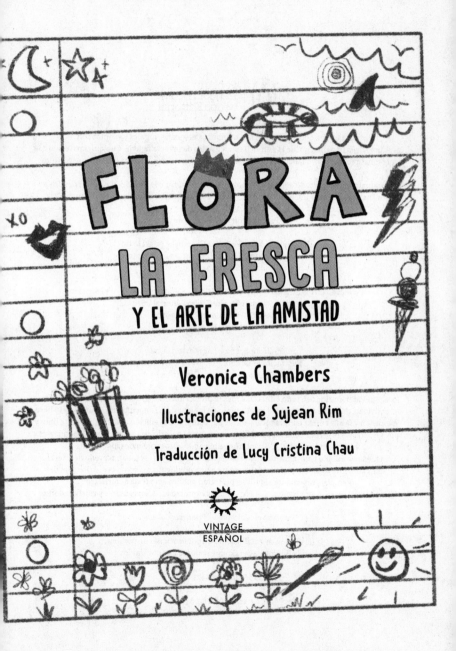

FLORA
LA FRESCA
Y EL ARTE DE LA AMISTAD

Veronica Chambers

Ilustraciones de Sujean Rim

Traducción de Lucy Cristina Chau

VINTAGE
ESPAÑOL

Penguin
Random House
Grupo Editorial

Esta es una obra de ficción. Los nombres, personajes, lugares y eventos son
producto de la imaginación de la autora o están usados de manera ficticia. Cualquier parecido con
personas reales, vivas o fallecidas, establecimientos comerciales, sucesos o lugares, es fortuito.

Originalmente publicado en inglés en 2023 bajo el título *Flora la Fresca & the Art of Friendship*
por Dial Books for Young Readers, una división de Penguin Random House LLC, Nueva York.

Primera edición: octubre de 2023

Copyright © 2023, Veronica Chambers, por el texto
Copyright © 2023, Sujean Rim, por las ilustraciones
Todos los derechos reservados.

Publicado en los Estados Unidos de América por Vintage Español, una división
de Penguin Random House Grupo Editorial USA, LLC
8950 SW 74th Court, Suite 2010
Miami, FL 33156

Traducción: 2023, Lucy Cristina Chau
Ilustraciones de cubierta: © 2023, Sujean Rim
Diseño de cubierta: Cerise Steel

Impreso en Colombia / *Printed in Colombia*

Información de catalogación de publicaciones disponible
en la Biblioteca del Congreso de los Estados Unidos

ISBN: 978-1-64473-786-6

23 24 26 27 10 9 8 7 6 5 4 3 2 1

A las verdaderas Flora y Clara:
¡Queridas!
Su amistad, tan natural y divertida, inspiró este libro.
V.C.

A las amistades que son para siempre.
S.R.

CAPÍTULO 1

Chica, Chica, Chica

A Flora Violeta Lefevre le daba fastidio un montón de cosas, pero pocas como la escuela sabatina de español. La llamaban escuela, pero en realidad era solamente un aula en el Centro Educativo Westerly. La clase era de apenas una docena de estudiantes, que tenían entre siete y doce años. Eran todos como Flora, hijos de padres latinos, que deseaban que sus hijos hablaran mejor el español, pero que estaban muy ocupados para enseñarles en casa.

Su maestra era una infatigable jovencita llamada Señorita María José, tan enérgica que Flora sospechaba que sus aretes en forma de aro y sus brazaletes de oro eran en realidad paneles solares. Se les permitía llamarla por su primer nombre porque era escuela sabatina. No se les permitía preguntarle por qué tenía un nombre de chica y otro de chico.

—Es solo una de esas cosas —había dicho.

La Señorita María José, o la señorita MJ, para abreviar, nació en Puerto Rico y ahora estaba terminando su maestría en enseñanza en la Universidad de Brown.

Todos los padres y madres en Westerly, el pueblo donde vivía Flora, decían Universidad de Brown en tono bajo y reverente, de la misma forma en que el padre decía *Señor y Salvador* el domingo en el culto.

—Somos afortunados de tener a María José enseñándote español. ¡Es una mujer tan brillante! —decía la madre de Flora.

Flora no tenía nada en contra de su maestra. Con lo que sí tenía problema era con que estaba pasando prácticamente la mitad de uno de sus días libres haciendo escuela extra, solamente porque sus padres eran de Panamá. Pero la hacían ir de nueve de la mañana a doce del mediodía todos los sábados, sin importar qué excusa les inventase: desde la desaparición de su vista, hasta el violento dolor de estómago que fue en realidad una excelente actuación, cualquiera diría, para una niña de diez años.

Hubiera sido lo peor, excepto por la chica sentada junto a ella, que era la mejor. Flora, que tenía diez y estaba en quinto grado, miró a su mejor amiga, Clara. Lenta y deliberadamente, Clarita torció ambos ojos hacia el centro de su cabeza.

Flora trató de contener la risa y no pudo.

La lección de ese día fue sobre los verbos reflexivos, lo cual no tenía sentido para Flora. *Cállate la boca* era la única frase reflexiva que Flora podía decir con confianza. Pero si alguna vez le decía a su hermana mayor que se callara la boca, se metería en más problemas de los que podía afrontar.

—Un verbo es reflexivo cuando el sujeto y el receptor son el mismo —dijo la señorita MJ a la clase—. Por ejemplo, lavé el plato, no reflexivo. Me duché, reflexivo.

Flora apoyó su cabeza sobre la mesa. No tenía sentido. Nada de eso tenía sentido.

Esperaba tomarse una pequeña siesta cuando sintió un mensaje deslizándose sobre la mesa.

Flora lo abrió y sonrió. Decía:

Pasa, pasa, calabaza.

Flora volteó a ver a Clara, que se hacía la dormida sobre la mesa. Roncó fuertemente y actuó como si se levantara y mirase alrededor fingiendo estar completamente desorientada.

El español de Flora estaba lejos de ser perfecto, pero sabía que Clara era muy graciosa. Tal vez la más graciosa de todas sus *BFFs*.

Cuando el reloj marcó el mediodía, la señorita María José dijo:

—Okey chicos, pueden irse. Disfruten su sábado.

Flora agarró su chaqueta azul marino y se abalanzó hacia la puerta.

—¡Hasta cuando sea, señorita María José! —dijo en voz alta mientras salía del aula.

—¡Espérame, Flora la Fresca! —gritó Clara.

Era el apodo que le tenía Clara a Flora y se lo había puesto el verano anterior, cuando Clara había tomado el cortavientos que ella usaba alrededor de su cintura y lo amarró alrededor de sus hombros. Luego tomó una corona de papel dorado del bolsillo trasero de sus pantaloncitos de mezclilla y se la puso a Flora en la cabeza, diciendo:

—Yo, la Reina Clara, ahora ciudadana del reino de Westerly, te declaro, Flora, como la encarnación de todo lo divertido y bueno. Desde este día, te declaro Flora la Fresca.

A veces, los chicos de la escuela la llamaban Flo, algo que Flora odiaba. Pero le gustaba Flora la Fresca. Hasta

sus padres la llamaban así a veces. Si no era exactamente fresca, en el sentido de fresca con un poquito de actitud, definitivamente aspiraba a serlo.

Flora pensó en ese día mientras esperaba a su amiga.

Clara lanzó su chaleco plateado acolchado sobre su brillante camiseta amarilla e hizo un baile de TikTok afuera del salón.

—¡Vamos, Clara! —dijo Flora, pero en realidad no le importaba esperarla para empezar a caminar a casa.

Todo era más divertido cuando estaba Clara. Era mediados de noviembre, pero el día estaba cálido como septiembre mientras las chicas caminaban por el Parque Wilcox en dirección al océano.

Westerly era una ciudad bastante pequeña en la costa de Rhode Island. A dos horas y media de Nueva York y a noventa minutos de Boston, era un destino popular de verano. La mayor parte del año había menos de veinte mil personas en la ciudad. Sonaba a un montón, pero en realidad no lo era. Solo había treinta niños en el quinto grado de su escuela pública. Flora y Clara los conocían a todos, así como a sus hermanos y sus padres. Cuando se acercaba el Día de los Caídos, la población se duplicaba. Las calles se llenaban de rostros desconocidos, mientras que las casas de veraneo de la orilla, que permanecían vacías la mayor parte del invierno, se llenaban de familias adineradas con sus parientes e invitados.

El tío de Flora, Rogelio, el hermano mayor de su madre, se había mudado a la ciudad treinta años antes para trabajar en la cantera. La Cantera de Westerly era famosa por su roca rosa natural. A tío Rogelio le había ido bien ahí, así que en cuanto ascendió en la empresa consiguió trabajos para más y más panameños. Muy pronto había más de una docena de familias panameñas viviendo en la pequeña ciudad de Nueva Inglaterra.

Su tío decía que Westerly le recordaba a Panamá. No el frío ni la nieve, sino cómo en un cálido día de verano podía levantarse y sentir la salinidad del océano Atlántico. Incluso, si no podías verlo, podías olerlo.

—Donde esté el mar, estamos en casa —decía el tío.

Flora se detuvo en el medio del parque y aspiró profundamente.

Clara la miró detenidamente, levantando una ceja primero y después la otra.

—Ay, Flora —dijo su amiga—. ¿Estás oliendo el mar otra vez?

Flora asintió.

—Entonces, tendré que llevarte ahí en mi bote —dijo Clara.

Fingió arrastrar una canoa invisible a través de la gravilla del parque y luego se detuvo a medio camino, haciendo como si soltara el extremo de la canoa.

—¡Flora! Está pesada. ¿No me vas a ayudar?

Flora fue hacia donde imaginó que sería el final de la canoa. Empujó al aire, mientras Clara jalaba.

Clara levantó la mirada y dijo:

—Vamos, Flora. Que sea invisible no hace que el bote sea menos pesado. Métele un poco de músculo.

Flora sonrió, se echó para atrás y empujó como si su vida dependiera de ello.

Clara levantó la vista con gesto de aprobación y dijo:

—Así se hace, chica.

Entró muy, pero muy cuidadosamente en la canoa invisible y le hizo señas a Flora para que se uniera.

Flora entró y se sentó de piernas cruzadas detrás de su amiga.

Sin tener que decir una sola palabra, las niñas comenzaron a mover sus remos invisibles al unísono. Por supuesto que sabían lo disparatado que se veía, pero estaban ocupadas creando su propio mundo.

—A la derecha —susurraba Clara, con suavidad—. A la izquierda.

Así se sentaron, entrecruzando piernas, moviendo sus manos en semicírculos como si sus dedos fueran remos y la gravilla fuera el océano azul mas profundo.

—Mi papá dijo que cuando tenga dieciséis puedo tomar lecciones para navegar —dijo Flora.

Cada domingo del verano, temprano, antes de que su madre y su hermana se levantaran, Flora y su padre caminaban al astillero de Westerly a mirar los botes que salían por el día. Su padre, Santiago LeFevre, era alto, con una barba desaliñada y una sonrisa que nunca abandonaba su rostro. Él tomaba café, ella tomaba un *babyccino*, leche al vapor con cocoa en polvo, y conversaban sobre embarcaciones. Flora soñaba con poder navegar un bote, igual que su hermana hablaba de tener su licencia de conducir.

Clara seguía remando.

—Genial, entonces también tomaré lecciones para navegar cuando tenga dieciséis.

La gente en el parque les pasaba por al lado, pero nadie parecía notar su canoa invisible.

—¿Te acuerdas de aquella chica Liba Daniels, que nos recogía de la escuela en tercer grado?

9

Flora dijo —tercer grado— como si hubiera pasado hace *eones* y no dos años atrás.

Clara asintió y dijo:

—Claro, Liba era genial.

—Papá me dijo que Liba consiguió su licencia de navegación y está tomando un año sabático de la universidad. Está navegando el bote de una persona de dinero desde Rhode Island hasta el Caribe —dijo Flora.

Clara la miró desconcertada.

—¿Por qué el Señor Persona de Dinero no navega él mismo su bote al Caribe?

—Puede tratarse de una ella —dijo Flora.

Clara arrugó sus labios.

—Muy bien, Señora Persona de Dinero.

Encogió los hombros.

—Supongo que es algo típico. Están demasiado ocupados o algo así, de modo que contratan personas que naveguen sus botes desde aquí hasta sus casas en las islas.

—¿Te *pagan* para navegar el bote elegante de alguien? ¿Cuánto?

—No tengo idea. Pero quiero ese trabajo —dijo Flora.

Flora sintió su teléfono vibrar. Era un mensaje de texto de su madre.

¿Dónde estás?

Salió del bote.

—Es mi mamá. Mejor me voy a casa.

—Yo también —dijo Clara.

Caminaron a casa, hablando todo el tiempo sobre botes y de que no podían esperar a tener suficiente edad para tomarse un año libre de la escuela y que les pagaran dinero contante y sonante para estar todo el día en un bote haciendo nada. Estar en quinto grado era divertido, pero ser adolescentes juntas lo iba a ser *todo*.

CAPÍTULO 2

La casa de Flora

La cabaña de tejas marrones donde Flora vivía con sus padres y su hermana mayor era casi como todas las otras casas en el pequeño pueblo costero. Pero lo que a Flora le gustaba de su casa era que había un secreto detrás de ella. Cuando entrabas a la casa y seguías hasta la puerta de atrás, había un camino empedrado que llevaba a otra casa de tejas marrones, una mucho más grande. Esa casa pertenecía a su tío Rogelio y su familia y tenía un camino privado hasta la playa.

Las cenas dominicales eran siempre en casa de Flora, aun cuando era más pequeña. La cocina era más acogedora y daba a un patio que usaban casi todo el año. Esa tarde de noviembre no era distinta, la madre de Flora las llamó:

—¡Maylin! ¡Flora! Necesito su ayuda.

Maylin era la hermana mayor de Flora. Era horrible.

Flora estaba convencida de que si alguna vez le hacían una cirugía a su única hermana, encontrarían una roca fría y dura donde debería estar su corazón. Decir que Maylin era mala era subestimarla enormemente. Era miserable. Y una bocona. Y por supuesto, Maylin era la favorita de sus padres. Flora se preguntaba cómo se le llamaba a una persona que era la mascota de la maestra, pero con sus padres. "La mascota de los padres" no sonaba bien, pero tenía que haber una palabra. Cualquiera que fuese, es lo que era Maylin.

La hermana de Flora entró a la cocina diciendo:

—Pero Mami, no puedo. Me acabo de pintar las uñas.

—Okey, Flora, hoy serás mi ayudante —dijo su madre.

Flora no podía creerlo. Maylin tenía catorce años y era una diva total. Era experta en hacer lo humanamente menos posible en la casa.

Esta vez, sin embargo, Flora no se lo aguantó.

—Mami, ¿sus *uñas*? ¿De verdad?

Entonces, solo para probar que en el lugar de su corazón había odio, Maylin le guiñó el ojo a Flora mientras flotaba por las escaleras hacia su habitación.

***

La madre de Flora estaba de pie en la isla de la cocina cortando papas.

—Ven, siéntate —le dijo, señalándole el taburete alto junto a la isla.

—¿Qué estás haciendo? —preguntó Flora, sintiéndose repentinamente agradecida por un momento a solas con su madre.

Damaris Delfina LeFevre era una cirujana cardiotorácica, lo que significaba que operaba corazones. Ella se acostaba temprano durante la semana y pasaba largas horas en el hospital. Los fines de semana eran usualmente

de tiempo completo para la familia. Pero Maylin iba a cumplir quince años esa primavera y todos los sábados, según parecía, la madre de Flora estaba ocupada con los planes para la quinceañera.

Para hacerle justicia a Maylin, todo el tema de los quince años tenía un nivel de drama de telenovela. La cumpleañera era acompañada por una corte de catorce amigos y miembros de la familia: siete damas y siete chambelanes. Toda la corte usaba vestidos en conjunto, había un DJ, danzas coreográficas, comida, bolsas de regalos para los invitados. Era lo *típico*.

—¿Qué estás cocinando para esta noche? —preguntó Flora, en lo que su madre le pasaba una vasija con carne que Flora comenzó a enrollar en pequeñas albóndigas.

—¿Aparte de estas albóndigas? Pensé hacer algo sencillo —dijo su madre—. Solo tapas: patatas bravas, croquetas, albóndigas, un plato de carne y queso, y un arroz negro con mariscos.

Flora sonrió.

—Mami, tu definición de simple y mi definición de simple *no* son la misma.

Su madre dijo:

—Me gusta cocinar. Me relaja.

Flora miró a su madre y le preguntó:

—Mami, ¿tu trabajo te estresa?

Su madre alineó unas papas perfectamente cortadas en una bandeja e hizo una pausa antes de contestarle.

—Sí y no. Es un trabajo delicado y eso es estresante. Pero créeme, Floracita, que no hay nada como sostener un corazón humano en tus manos. Es la cosa más hermosa del mundo.

Flora pensó por un segundo y preguntó:

—Pero, cuando estás sosteniendo el corazón en tu mano, está cubierto de sangre, ¿verdad?

Su madre asintió.

Flora sacudió su cabeza.

—Eso es asqueroso.

Su madre se echó a reír.

—Es un milagro, pero puedo entender totalmente que lo encuentres un poquito asqueroso.

En ese momento, Maylin la Maléfica entró a la cocina.

—¿Qué es lo asqueroso? —preguntó, tomando una bolsa de tortillas fritas del mostrador.

—Tu cara —susurró Flora, sonriendo con dulzura.

—¡Mami! —lloriqueó Maylin—. ¿Oíste eso? ¿Oíste cómo me habla?

—Bromeaba —contestó Flora mientras se bajaba de un salto del taburete.

Pero mientras iba hacia el fregadero a lavarse las manos, sintió un orgullo inmenso.

En sus cuentas, el marcador de ese día iba Flora 1 - Maylin 0.

CAPÍTULO 3

La familia

El trabajo de Flora era poner la mesa para las cenas familiares. Colocaba cada plato sobre la mesa larga de roble frente a la puerta que daba al jardín. Su padre había hecho esa mesa, así como casi todo en esa casa. A él le gustaba decir que era carpintero, pero ella lo veía como un artista. Había diseñado todo tipo de mobiliario y su trabajo era tan popular que tan solo el año anterior había logrado abrir su propia tienda en Canal Street, la calle principal del pueblo.

Flora recorrió la pálida fibra de la madera con su dedo. Había algo sobre el mueble de su padre que le parecía aún más hermoso, como si hubiese sido hecho solo para ella.

Mientras colocaba los tenedores sobre las servilletas de lino azul, podía escuchar a la familia y amigos llegar por la puerta trasera de la casa. Ahí estaba su tío Rogelio, alto y guapo, con la misma piel oscura y cabello rizado de su madre. Ahí estaba el esposo de su tío, su tío Luca. Él había sido bailarín de ballet y todo sobre la manera en que se movía era suave y elegante. Luca estaba cargando a su bebé. La bebé se llamaba Damaris Delfina como la madre de Flora. Pero todos llamaban a la bebé Delfina o Fina para abreviar.

La próxima en llegar fue su abuela. La abuela vivía cerca, en un pueblo llamado Mystic. Flora corrió hacia ella y le dio un apretón. Aun cuando hiciera mucho frío, su abuela olía a verano, como agua de pipa y jengibre recién cortado y como en el verano, en Rhode Island, donde quiera que mirabas había árboles que rociaban flores blancas y amarillas en los verdes y brillantes céspedes.

—Bienvenida, abuela —dijo, aspirando su aroma.

Su abuela la alejó y la miró con incredulidad.

—¡Ay, niña, estás casi de mi tamaño!

Era verdad. A los diez, Flora era casi tan alta como su abuela. Pero como señaló:

—Abuela, odio ser yo la que te lo diga, pero tú también eres muy chica.

Su abuela levantó el pecho y dijo:

—¡No me digas! Cuando me paro sobre la escalera que es mi corazón, mido seis pies.

—Ay, abuela, qué tonta eres, dijo Flora, besándola en la mejilla.

La puerta se abrió de nuevo y la cocina se llenó de más invitados. Ahí estaban su tía Janet y su marido, el tío Aarón. En realidad no eran sus tíos, pero le habían enseñado a llamar tíos a todos los adultos de Panamá. A Flora no le importó. Le gustaba la idea de ser de un lugar tan pequeño y unido que cualquier persona que viviese allí, pudiese ser considerada familia.

La abuela había traído al tipo al que llamaba "mi caballero amigo". Se llamaba señor Carter. Como él no era de Panamá, la madre de Flora dijo que estaba bien llamarlo señor Carter y así lo hizo.

El señor Carter se sentó en la sala de estar con el padre de Flora, examinando un trozo de madera que papá estaba trabajando a mano en una mesa auxiliar.

—¡Flora! ¡Maylin! *¡Cozy, cozy!* —llamó su madre.

Flora sabía que eso significaba que ella y su hermana iban a añadir al comedor las cuatro sillas plegables que guardaban en el sótano.

Maylin exclamó:

—La tía Janet está trenzando mi pelo. ¿No puede hacerlo Flora?

Flora ni siquiera esperó a que su madre contestara "No hay problema". A veces Flora se preguntaba si Maylin no era en realidad su hermana, sino una princesa de la vida real a la cual sus padres habían sido encargados de criar, como la princesa Leia en la serie *Obi Wan Kenobi*. Era como si ella pudiera engañar a todos a su alrededor, a lo Jedi. Después de apretar las sillas plegables entre las sillas de madera con los cojines gris nube que su padre había hecho, Flora fue al armario de los platos. Contó diez platos color blanco hueso y diez servilletas de sombra azul.

Su madre trajo una bandeja de patatas bravas a la mesa y miró complacida el trabajo de Flora.

—Muy bien —dijo, besándola en la frente—. Flora, tú eres formidable.

Los invitados entraron todos en el comedor y Flora se sentó entre su papá y su tío Luca.

Mientras pasaban los platos de un lado al otro, su abuela preguntó:

—Ay, Flora, dime. ¿Cómo está tu español?

Flora se encogió de hombros.

—Bastante bien. Tomo clases cada sábado.

Maylin la miró con desprecio.

—Y sin embargo, tu acento sigue siendo tan feo.

Flora se estremeció. Era cierto, su acento era un poco diferente del resto de la familia. Ella nunca sería realmente bilingüe, pero al menos lo intentó. No era su culpa que hubiera nacido en Boston y crecido en Rhode Island. El hecho de que su acento no fuera impecable no significaba que fuera feo.

Nadie criticó a Maylin por ser hiriente. Por el contrario, su tía Janet la animó preguntándole:

—Maylin, ¿y cómo va la planificación de tu quince?

Flora quería hacer una de esas inmersiones a cámara lenta a través de la mesa para evitar que las palabras salieran de la boca de su tía. Una vez que Maylin comenzaba a hablar de su quince, no habría forma de volver a poner a la quinceañera de vuelta en la botella, pero era demasiado tarde.

—Gracias, tía —dijo Maylin, como si estuviese en escena y alguien le hubiese alcanzado un premio grande y dorado—. No tengo que decírtelo, pero planificar un quince es un trabajo de tiempo completo. Hay muchas damas y chambelanes para vestir e indicarles qué hacer. Una de mis damas ya ha perdido dos clases de baile. La llamé y le dije: "Chica, si crees que voy a dejar que me avergüences con mi quince, vas a lograr que pase otra cosa".

Por el resto de la cena, fue la función de Maylin y Flora deseaba que hubiese una trampa debajo de su asiento, una manera de escapar de la habitación, que de repente había comenzado a sentirse *Alicia en el País de las Maravillas* en pequeño.

Finalmente, cuando los platos no tenían nada más que migajas y restos de hierbas frescas que su madre había utilizado para sazonar cada plato, se liberó. Su padre dijo:

—Flora, ayúdame a despejar la mesa, querida.

Flora asintió y recogió los platos mientras Maylin seguía con lo mismo.

—No he tenido suerte para encontrar un vestido. Tú sabes, tengo un estilo muy refinado y no quiero reciclar un vestido de fiesta de graduación como lo hacen tantas chicas.

Mientras Flora estaba junto su padre en la cocina, él dijo:

—No es fácil estar en el medio.

Flora estaba confundida.

—¿Qué quieres decir?

—Bueno, Maylin es la mayor.

Flora agregó:

—También es egocéntrica más que nada. Continúa.

Su padre dijo:

—Tienes a Maylin por un lado y ahora Delfina es la bebé.

Flora estaba por empezar la secundaria en un año. Desde luego, a ella no le interesaba ser la bebé de la familia.

Su padre no era sino perceptivo. Dijo:

—Sé que no me estoy explicando perfectamente, pero me imagino que lo que intento decir es que, cuando era niño, me sentía atrapado en el medio. Mi hermano Ben era mayor y una estrella del fútbol. Mi hermanito Dimitry era más chico, pero era un prodigio musical desde los cuatro años. Me llevó un tiempo encontrar lo mío. Pero también me di cuenta de que hay algo mágico en ser el del medio. Estaba rodeado de mucho amor.

Escuchando a la orquesta de voces que venían del comedor, Flora sabía que su padre no estaba equivocado. Ella se sentía rodeada de amor.

Entonces, Maylin exclamó desde el comedor:

—Flora, tráenos un poco de agua.

Su padre la miró como diciendo "Cálmate".

Quería sacar la jarra de agua del refrigerador y golpearla sobre la mesa. Pero en su lugar, se la entregó a su padre, quien se la llevó al comedor.

Abrió el calendario en el iPad de su padre e hizo un cálculo rápido. En solo novecientos doce días, Maylin iría a la universidad. Entonces ella sería la única preadolescente en la casa. Casi no podía esperar. Iba a ser formidable.

CAPÍTULO 4

La casa de Clara

A Flora y a Clara les gustaba dibujar. Eran muy buenas en eso. Y en patineta solamente podían hacer uno o dos trucos, pero les gustaba grabarse mutuamente en el medio tubo y añadirle voces en *off*, como si estuvieran botándola en una gran competencia. Cada sábado, para desahogarse después de la escuela de español, iban con sus tablas al parque y practicaban sus movimientos. Eran las únicas dos niñas que llegaban, lo cual las hacía sentir un poco solas, pero también algo geniales.

En el parque, Clara se ponía su casco y hacía un giro en el medio tubo. La madre de Flora la hacía llevar un casco, coderas, rodilleras y protectores de muñeca.

—¿Por qué no me envuelves de cuerpo entero en envoltorio de burbuja, ya que estás en eso? —refunfuñaba Flora cada vez.

Pero su madre no parecía entender que estaba bromeando.

—No me tientes, niña —decía—. Podría hacerlo.

Aun cuando su madre no estaba en el parque, Flora se puso diligentemente todos los protectores. Clara se rio.

—Lo único que te falta es una almohada en la panza para estar totalmente protegida.

Flora parecía disgustada.

—No te rías, Clara.

Clara dijo:

—Tu mamá no está por aquí. Parece que te estuvieras empacando para enviarte como entrega especial al otro lado del mundo.

Flora sacudió su cabeza.

—Oh, oh. El día que yo no use estas cosas es el día que mi mamá decidirá pasar sin anunciarse, o enviar a Maylin a espiarme.

—¿Puedes venir a casa a merendar cuando terminemos? —preguntó Clara.

Flora escribió a su madre un mensaje y le dio pulgares arriba cuando recibió su rápida respuesta diciendo *okey*.

A menudo, Flora pensaba que su casa era la embajada no oficial de Panamá en Nueva Inglaterra. Por el

contrario, podía contar con que la casa de Clara no solo sería una zona libre de Maylin, sino también un bastión de paz y tranquilidad. La casa de Clara rara vez estaba llena de gente y casi nunca ruidosa. Los padres de Clara eran de Argentina, lo que significaba que su comida era un poquito distinta de la panameña, pero igualmente deliciosa.

En la aplicación de notas de su celular, Flora tenía una lista de cosas geniales sobre Clara. Estaba orgullosa de la lista, aunque cada vez que ofrecía enseñársela a Clara, ella solo se reía y decía:

—Flora LeFevre, la única cosa genial sobre mí es que paso tiempo contigo.

Clara era así, siempre humilde y amable, lo que le recordó a Flora que tenía que agregar eso a la lista.

COSA GENIAL DE CLARA #1

Clara era hija única, lo que significaba que no tenía una hermana mayor ni una prima bebé adorable que pudiera, en medio de una deliciosa cena, dejar caer un pañal apestoso tan grande que podrías, y lograrías, perder tu apetito.

Una vez, Clara le dijo a Flora:

—Sé que Maylin es la peor, pero a veces ser hija única se hace muy solitario.

Era algo que a Flora le costaba mucho creer.

—Vivo a cinco cuadras —dijo—. Si te sientes sola, nada más llámame. Vendré inmediatamente.

Clara no había hecho una de sus típicas caras graciosas esta vez. Miró a Flora seriamente y dijo:

—No es lo que quise decir, Flora la Fresca.

Flora le preguntó:

—¿Entonces, qué quieres decir?

Clara se encogió de hombros y dijo:

—Olvídalo.

Flora se quedó callada esa vez. Por mucho que odiara tener una hermana mayor verdaderamente ensimismada, le encantaba que sus tíos vivieran justo al lado y que su abuela nunca estuviera lejos. Su casa podía parecer un zoológico, a veces, pero era su zoológico. Sabía que los abuelos de Clara vivían en Buenos Aires y solo la visitaban una vez al año. No podía imaginar ver a la abuela solo una vez al año.

COSA GENIAL DE CLARA #2

La madre de Clara, a quien Flora llamaba tía Mariana,

era cartógrafa, una palabra refinada para decir dibujante de mapas. Clara le comentó a Flora:

—¡No creerías que hubiese una enorme demanda de mapas nuevos, pero resulta que la hay!

La madre de Clara trabajaba desde casa en un hermoso estudio de arte con tres enormes tragaluces, lleno de caballetes, un monitor de computadora grande y artístico, lápices de colores y pinturas. A veces, Flora pensaba que cuando creciera, lo único que desearía era tener un apartamento igual a ese estudio. Ni siquiera necesitaría una cocina. La madre de Clara tenía una pequeña tetera y un refrigerador en el estudio y a veces hacía grandes tazones de fideos ramen para Clara y Flora con esa tetera. Eso era la mejor merienda para después de la escuela.

Mariana dibujaba mapas para editores de libros de texto, pero también mapas de ciudades con pequeños dibujos que simbolizaban los mejores lugares para visitar, comer y comprar. Vendía esos mapas en línea y hasta aparecían en revistas.

A veces, después de terminar con su tarea, la mamá de Clara les mostraba cómo dibujar caras o cómo usar diferentes tipos de acuarelas. Tanto Flora como Clara se habían convertido en muy buenas artistas. Siempre sacaban A en arte. En cuarto grado, Clara había logrado el primer lugar en la feria de arte de la escuela con su modelo de casa con un techo completamente verde. Había hecho el techo con musgo de verdad y había escrito un informe sobre los beneficios ambientales de los techos verdes, como mejoraban la calidad del aire y ayudaban a reducir la huella de carbono del hogar.

Flora había hecho un retrato de sus padres en ropas tradicionales panameñas, su madre en una pollera brillantemente coloreada y su padre en una camisa de montuno con sombrero de paja. Ella obtuvo el segundo lugar en el concurso de arte y las chicas celebraron yendo por té de burbujas a la ciudad.

COSA GENIAL DE CLARA #3
(ALERTA DE SPOILER: ES REALMENTE GENIAL).

La tercera cosa en la lista de Flora era la más genial de todas. La casa de Clara tenía una piscina. Dentro de la casa. La primera vez que Flora la vio, ella y Clara ya eran amigas desde hacía semanas, lo cual fue bueno porque Flora nunca habría querido que Clara pensara que era su amiga solo para tener acceso a una piscina. Ellas estaban en segundo grado cuando Clara invitó por primera vez a

Flora a jugar. Le dijo:

—Trae tu vestido de baño, podemos nadar.

Flora puso su mano en la frente de Clara y exclamó:

—¡Es noviembre, loca! El agua está helada.

Clara dijo:

—Lo sé. Tenemos una piscina.

Flora no entendía.

—Chica, ¿sabes lo frío que está allá afuera?

Clara parecía estar frustrándose.

—Ya, yo sé. Es una piscina interior.

Esas eran dos palabras que Flora nunca había escuchado juntas: interior y piscina. Pero resultó que Clara no estaba tan loca, después de todo. En el patio de su cabaña de tejas marrones, donde un montón de gente tenía un porche, la familia de Clara tenía una piscina. En el interior.

El papá de Clara, Joaquín, diseñaba piscinas para gente rica. Así que cuando ellos se mudaron a la casa, diseñó una para ellos. La piscina era larga y delgada. El papá de Clara la llamaba piscina de una vuelta y tenía el azulejo negro más hermoso, que brillaba cuando le daba el sol.

Cada cierto tiempo, después de nadar en un día de invierno, Flora le preguntaba a Clara:

—¿Estás segura de que ustedes no son ricos?

Clara decía:

—No creo. Estoy segura de que mis padres me lo dirían si lo fuésemos.

Pero la última vez que Flora le preguntó, Clara dijo:

—Tal vez somos ricos adyacentes.

Flora se echó a reír y dijo:

—¿Qué quiere decir eso?

—Quiere decir que estamos cerca. Así que, como mi papá diseña piscinas para gente rica, él está adyacente a su riqueza y yo estoy adyacente a él.

Flora se sentó envuelta en una gran toalla de playa junto a Clara, con las piernas colgando en la piscina climatizada mientras miraban hacia el jardín donde cada rama parecía invernal y desnuda.

—Ay, ya lo tengo —dijo Flora—. Entonces yo soy un monstruo adyacente, porque mi recámara está junto a la de Maylin.

—Exacto —dijo Clara, asintiendo.

Flora preguntó:

—¿Te conté que lo último es negarse a ayudar con los quehaceres porque tiene las uñas pintadas?

Clara se miró las uñas, las cuales eran cortas y sin pintar como las de Flora.

—¿De verdad funciona?

Flora asintió.

Clara sacudió la cabeza.

—Insoportable.

Era una de sus palabras preferidas en español. Significaba, increíblemente, tienes-que-verlo-para-creerlo, tan mal que era criminal, intolerable e injusto.

Flora pensó nuevamente en lo afortunado de que Clara fuese hija única. Preguntó:

—¿Si esto empeora y ella llega a quedar totalmente loca, puedo venir a vivir contigo?

Clara asintió.

—Pues, tengo que preguntar a mis padres, pero por mí sería súper.

CAPÍTULO 5

¿Cómo nos sacarían de la linda lista?

Uno de los primeros domingos de diciembre, Flora fue a donde Clara a nadar. Nadar en la piscina de Clara siempre fue divertido, pero nadar cuando había nieve sobre el suelo siempre fue una emoción extra. Cuando Flora llegó a casa y vio que Clara la estaba llamando por FaceTime, respondió la llamada y dijo:

—¡Hola, Clarita! ¿Qué se me olvidó?

El pelo de Clara todavía estaba mojado por la piscina y la piel alrededor de sus ojos parecía roja y adolorida, como si se hubiese frotado las manos con hiedra venenosa y luego se hubiese frotado los ojos.

—Chica, ¿qué pasa? —preguntó Flora, preocupada.

—Es mi...

Clara apenas podía decir palabra alguna. Flora nunca la había visto tan molesta.

—Respira hondo, Clara —le dijo.

La madre de Flora decía que cuando la gente iba al

hospital, la primera cosa que olvidaban era respirar. Así que ella siempre les recordaba: "Respire hondo".

Clara inhaló y exhaló en voz alta.

—Es mi madre… Consiguió un trabajo en California y nos mudaremos después de Año Nuevo.

Flora escuchó las palabras salir de la boca de Clara como un sonido lejano, como cuando solían usar latas e hilo como radio transmisores. Creyó no haber escuchado bien a Clara.

—Creo que aún tengo agua de la piscina en mis oídos —dijo Flora esperanzada, inclinando la cabeza y dándose golpecitos en una oreja y luego en la otra.

Sabía que no, pero el gesto le resultó reconfortante.

—Es cierto —dijo Clara.

Se quedaron ahí en silencio, mirándose la una a la otra por el teléfono. Flora no sabía qué decir. Nunca había tenido un problema de esta *magnitud* antes (*magnitud* había estado en su prueba semanal de deletreo al inicio de quinto grado). Antes, podía deletrear la palabra, pero ahora sentía cuán grande era, la magnitud de que Clara se mudase era como si una bola de demolición gigante hubiese hecho un cráter en el medio de sus tripas.

***

Al padre de Flora le encantaba ver programas de crímenes de los de antes, especialmente aquellos con millones de episodios y en los que sonaba el tictac del reloj. Flora se dio cuenta de que cuando las cosas salían mal, era muy importante prestar atención a la hora. En el programa, la gente siempre estaba diciendo cosas como "Caminó hacia el bar, debían ser alrededor de las siete p. m." y "Nunca llegaba tarde al trabajo, así que a las diez a. m., comencé a preocuparme".

En su último cumpleaños, los padres de Flora le dieron un cuaderno de cuero rosado con un candado y una llave. Nunca lo había usado porque odiaba el color rosado, pero tampoco se habría imaginado que tuviese algo tan importante que decir. Pero ahora lo inimaginable estaba sucediendo. Las cosas se estaban poniendo feas y todo indicaba que solo se iban a poner peor.

Abrió el empalagoso cuaderno rosa y comenzó a escribir: *La madre de Clara consiguió un trabajo en California y toda la familia se muda después de Año Nuevo.*

Aunque no parecía casi necesario, añadió: *Mi vida está arruinada y esta será la peor Navidad de la historia.*

Entonces cerró el cuaderno y secó su pequeño pero constante chorro de lágrimas.

***

Al día siguiente, después de la escuela, Flora y Clara se encontraron en su lugar favorito, Bruce Lee Boba, para pensar un plan.

Normalmente, las fotos de la icónica estrella de las artes marciales las animaba, pero la idea de que Clara se estaba mudando al otro lado del país, era una mala noticia en un nivel que ni siquiera Bruce Lee y sus puños de furia podían arreglar.

—Tal vez mis padres me dejarían ir a vivir con ustedes para que pueda terminar el año escolar aquí —ofreció Clara.

El corazón de Flora pegó un brinco.

—Si vivieras conmigo, sería como tener a una hermana y a una mejor amiga en una sola.

—Me gusta tu forma de pensar —dijo Clara, sonriendo por la idea.

Entonces le dio un sorbo a las burbujas del fondo de su vaso.

—Bueno, gracias.

—Le preguntaré a mi papá en cuanto llegue a casa —dijo Clara.

—Igual, yo —dijo Flora.

No hacía falta decir que para un plan como ese necesitaban hablar primero con los padres. Las madres latinas tenían la reputación de ser difíciles de convencer y las madres de las niñas no eran excepciones a la regla.

Cuando Flora llegó a casa, su padre estaba en la cocina.

—Tu madre ha tenido un largo día en el hospital —dijo—. Pensé en hacer la cena. ¿Quieres tacos?

Perfecto, pensó Flora. *Lo tengo arrinconado.*

—Papá —comenzó—. La verdad, Clara no quiere comenzar una nueva escuela a mitad del año. ¿Está bien si vive con nosotros para que así pueda terminar quinto grado aquí, en Westerly?

Su padre ni siquiera se dio la vuelta, mientras metía la pila de tortillas frescas en el horno.

—Por supuesto. Clara es siempre bienvenida aquí. Ella es como de la familia.

Flora dio un salto. Había sido sorprendentemente fácil. ¿Podría realmente ser así de fácil?

—Gracias, papá —dijo, tratando de controlar su emoción para que no se echara a perder todo el asunto—. Eres el mejor.

Llamando su atención, le dijo:

—Sin embargo, realmente depende de los padres de Clara.

Pero Flora no podía entender cómo eso iba a ser un problema. Los padres de Clara estaban arruinando sus vidas. Tenían que decir que sí.

Flora subió a su cuarto y le envió un mensaje de texto a Clara:

(¡¡¡Mi papá dijo que puedes vivir con nosotros (!!!)

Clara contestó de vuelta con un GIF de un gato bailando.

Flora observó su habitación. Había suficiente espacio para una segunda cama. Tal vez ella y Clara podían incluso conseguir literas. Siempre había querido literas. No quería que Clara se mudase, pero si podía quedarse con ellos por el resto del año escolar, lograrían tanta diversión como para hacerlo soportable.

Flora trató de terminar su tarea, pero no pudo. Todo era demasiado emocionante. Abrió su tablet y decidió ver su película Studio Ghibli favorita hasta la hora de la cena.

Estaba por la mitad de *Howl's Moving Castle* cuando recibió una alerta. Era Clara:

Estamos en camino a tu casa. Mi mamá llamó a tu mamá.

Luego, un segundo mensaje:

Nada bueno.

Con todo y su manera de ser fresca, Flora no se había metido en demasiados problemas antes. Así que cuando escuchó el timbre de la puerta unos minutos más tarde, estaba más curiosa que asustada. La familia de Clara ya se estaba mudando a California. ¿Qué podía ser *peor* que eso?

Pero cuando bajó las escaleras y vio a la familia de Clara y a sus padres sentados en la sala de estar elegante, la que tenía el gran jarrón de flores falsas y los sofás blancos en los que nadie se podía sentar, supo que la cosa estaba seria.

Su madre parecía cansada y enojada.

La madre de Clara parecía frustrada y enojada.

Si los papás hubieran podido escaparse rápidamente al sótano para ver fútbol y evitar lo que vendría después, lo hubieran hecho. Clara se sentó con las piernas cruzadas frente al ventanal. Dio unas palmaditas en el suelo, indicándole a Flora que se sentase junto a ella. La madre de Flora suspiró y dijo:

—Mariana, ¿quieres empezar?

Claramente, las madres habían estado conspirando contra ellas antes de que las chicas supieran que estaban en una batalla.

—Seguro —dijo Mariana—. Miren, chicas. Sé que esta mudanza es difícil para ustedes. Si pudiera cambiar los tiempos, lo haría, pero no puedo.

Su voz se quebró y Flora pensó que iba a llorar. Mariana respiró hondo y continuó.

—Es difícil cuando algo que es una buena noticia para una, es una mala noticia para la gente que amas. Pero Joaquín y yo pensamos que, a la larga, esta es una enorme oportunidad para nuestra familia.

Clara miró a su madre sin una pizca de simpatía y dijo:

—Si es una buena noticia para ti, entonces déjame aquí.

Su madre sacudió la cabeza y dijo:

—Eso no va a pasar.

Flora saltó a defender el plan que ella y Clara tenían.

—Pero tía Mariana, mi papá dijo que está bien.

El padre de Flora miró a los padres de Clara disculpándose.

—Lo siento, amigos. Ustedes saben. Ella malinterpretó mis comentarios. Lo que quise decir es que Clara siempre será bienvenida en nuestra casa.

Mariana suspiró.

—Y Flora siempre será bienvenida en nuestro hogar. Tal vez cuando estén un poco más grandes, incluso pueden pasar parte de las vacaciones de verano juntas.

Clara no se calmaba.

—¿Pero por qué no me dejas terminar el año escolar aquí?

La voz de Mariana cambió de cansada a contundente.

—Porque tienes diez años, Clara Beatriz Lucía Ocampo Londra.

Flora supo que estaba todo mal en ese momento, porque Mariana había usado los cinco nombres del certificado de nacimiento de Clara. Era como si ambas madres hubiesen tomado el mismo curso de Disciplina de Madre Latina y Expresión Formal de Decepción.

Clara comenzó a llorar, con el tipo de llanto que haces cuando te caes de los juegos infantiles de barra y te pegas en el piso tan fuerte que todo te duele. Flora rodeó a su amiga con sus brazos, sintió la manga de la camiseta de su amiga pasar de seca a empapada en segundos. Entonces miró a sus padres de forma acusatoria.

—¿Vieron lo que *hicieron*?

La madre de Flora taconeó.

—Flora, ven conmigo a la cocina.

Flora la siguió a regañadientes hasta la cocina mientras Clara se lanzaba a los brazos de su padre.

Flora, tienes que parar —dijo su madre, con su voz afilada como el conjunto de cuchillos que usaba para cocinar—. Estás haciendo de una situación difícil, algo peor. Tú no mandas aquí, son los Ocampo. Deja de hacer sugerencias. Deja de actuar como si pudieras controlar algo de esto.

Flora pensó que era salvajemente injusto, pero no dijo nada.

—¿Me oyes? —preguntó su madre, con su voz gruesa de enojo.

Flora asintió.

—Voy a necesitar escuchar palabras reales —dijo su madre.

—Te escucho —susurró Flora.

En su lista de cosas que eran absolutamente peores, el

que su madre estuviese enojada —realmente enojada—
con ella, estaba definitivamente entre las primeras cinco.

—¿Y?

—Y lo siento —Flora dejó salir de su boca esas palabras
falsas.

—No te disculpes conmigo. Discúlpate con la tía
Mariana y el tío Joaquín por ser tan malcriada.

Flora asintió nuevamente.

De vuelta en la sala de estar, las lágrimas de Clara se
habían calmado y Flora se sentó en el borde del sillón de
cuero a su lado. Miró a los padres de Clara y dijo:

—Lo siento. Siento haber sido grosera.

Mariana dijo:

—Ay, Flora, está bien. Esto no va a ser fácil. Pero al
menos pasaremos las fiestas juntos. ¿Por qué no se con-
centran en disfrutar el tiempo que les queda juntas en
lugar de tratar de detener lo inevitable?

—*Okey* —dijo Flora suavemente.

Clara se encogió de hombros derrotada y dijo:

—*Okey*.

Clara y sus padres se quedaron a cenar. En circunstan-
cias normales, eso habría sido un placer. Además, tenían
tacos. Los tacos del papá de Flora, con tortillas caseras y

salsas especiales, eran mejores que los de cualquier restaurante en los alrededores de Westerly, eso era lo que todos decían.

Pero Flora casi no pudo probar su comida y cuando Clara y sus padres se fueron, se fue directo a su habitación.

Sacó su diario y abrió las páginas rosadas de niña para registrar la evidencia del día: *2 de diciembre, 7:15 p. m. Se cancela la Navidad y mi vida está arruinada.*

CAPÍTULO 6

Elfos gruñones

Al día siguiente, las chicas sabían que no había nada que hacer, sino encontrarse en The Cooked Goose, un pequeño café cerca de la orilla del mar, donde a veces comían papas fritas y tomaban Coca-Cola de fresa. Mientras esperaban por su acostumbrada orden, discutían los eventos de la noche anterior.

—Sé que mi madre es una Wendy total —dijo Flora—. Pero esperaba más de tus padres.

Las Wendys eran lo que Flora y Clara llamaban adultos, como ese personaje en Peter Pan, que cuando crecen olvidan lo genial que es volar y lo fantástico que es en general ser chico.

Flora sacó su teléfono y contó las semanas.

—Tenemos cinco semanas —dijo.

Clara sacó el llavero de su bolso y lo sostuvo como un estetoscopio en su corazón.

—Doctora —dijo Clara, en un tono muy poco serio y con voz simulada—, le doy cinco semanas al paciente.

Flora sonrió.

—Tenemos que hacerlas valer.

Clara asintió.

—Pasaremos juntas cada fin de semana.

—Y haremos ocho mil pijamadas.

Clara sonrió.

—Tus matemáticas son realmente malas. No puedes hacer ocho mil pijamadas en un mes.

Flora se encogió de hombros.

—Einstein dijo que la única razón para que el tiempo exista es que para que no ocurra todo a la vez.

—Absolutamente cierto, mi querida Fresca. Tenemos que superar el tiempo. ¡Tenemos que hacer que todo ocurra a la vez!

Ese fin de semana, después de la escuela sabatina de español, las chicas fueron a la casa de Clara. Todos los años hacían regalos de Navidad para su familia y este año, con todas las malas noticias, estaban un poco atrasadas.

—Los padres merecen trozos de carbón —dijo Clara mientras colocaban sus suministros de arte en la mesa de la cocina.

—Tal vez eso es lo que deberíamos conseguir —dijo Flora, solo medio bromeando—. Pedazos de carbón. Apuesto a que mi tío podría ayudarme a encontrar algunos en la cantera.

Clara sostuvo una lupa invisible en su ojo e hizo su mejor personificación de Enola Holmes.

—Ese es el plan *principal*, Flora la Fresca, pero...

—Pero...

—No quiero que digan que arruinamos la Navidad —dijo Clara, reticente.

Flora respiró profundamente.

—*Nosotras* no arruinamos la Navidad, ellos lo hicieron.

Este era uno de sus trabajos como mejor amiga de Clara. No era suficiente solo ponerse del lado de Clara en momentos de conflicto. Flora sentía que era su trabajo ser honesta de una forma en la que Clara pudiera sentirse segura —como el lazo de la verdad de la Mujer Maravilla.

La madre de Clara entró a la cocina y preguntó:

—¿Quién quiere chocolate a la taza?

Flora quería decir que no. Sentía que era importante no hacerle creer a los adultos que todo estaba bien. Pero entonces Clara dijo:

—Gracias, mami.

Cuando Mariana puso las tazas humeantes de chocolate espeso y cremoso frente a ellas, Clara besó a su madre en la mejilla. Flora apenas podía creerlo. ¿Acaso no estaba Clara *devastada* por la mudanza? ¿Qué pasaba con esos besitos como si todo estuviera bien?

Flora bebió su chocolate y recorrió con su dedo el grueso y algodonoso papel de acuarela.

—También podría empezar con Maylin la Malévola —dijo—. ¿Qué tal si la dibujo con una corona de espinas y colmillos que boten sangre por su capa de color rojo rubí?

—No puedes —dijo Clara, sonando madura y razonable de una forma en la que Flora no podía apreciar realmente.

—Está bien —dijo Flora—. ¿Qué tal esto?

Hizo un rápido boceto de Maylin con una camiseta decorada con la plantilla de la palabra *Princesa*.

—Me gusta —dijo Clara—. Es sutil.

Flora pensó, *¿Desde cuándo lo nuestro es sutil?* Pero no lo dijo. Quería hacer de estas semanas con Clara lo más perfectas posible. Aunque podía percibir la forma en que todo ya estaba cambiando.

Clara dijo:

—Voy a hacer bocetos de casas de ensueño de regalo. Esta es para tu mamá.

Esbozó el contorno de una moderna casa de playa. En cuestión de minutos, Flora pudo ver la casa, un camino a la playa y las olas en la orilla. La mano de Clara era tan firme, que ni siquiera tomó el borrador una sola vez.

—Eres tan buena —dijo Flora con admiración, mientras ella comenzaba otro dibujo, esta vez con el rostro de su padre.

Tu madre habla mucho de conseguir algún día una casa en Bocas del Toro —dijo Clara, sosteniendo el dibujo—. Así que pensé que sería genial hacer algo que fuera una casa de playa, pero un poquito diferente. Mi mamá tiene un libro de arquitectura árabe, así que dibujé esos arcos curvos. Y una vez que el dibujo esté listo, pintaré a mano los azulejos con óleo y pinceles delgaditos. Le pediré a mamá que me ayude.

Flora miró fijamente el dibujo y pensó en la facilidad con que se podía borrar la línea y tanto la memoria como el futuro desaparecerían con la mudanza de Clara.

—¿Quieres más chocolate? —preguntó Clara.

Flora asintió.

Su amiga revolvió la mezcla espesa y cremosa en la estufa, añadiendo solo un poquito de leche para diluirla. Cuando sus tazas estaban llenas otra vez, las dos niñas se sentaron juntas mirando por la claraboya de la cocina al cielo oscuro y gris del invierno.

Solo eran las cuatro de la tarde, pero pronto anochecería. Y lo corto de los días les recordaron a ambas lo corto del tiempo que les quedaba juntas.

Flora tomó un sorbo de su taza y le preguntó a su amiga:

—¿Estás nerviosa, Clarita? ¿Estás nerviosa de ir a una nueva escuela? ¿Hacer nuevos amigos?

Ella se encogió de hombros.

—He asumido el hecho de que los próximos seis meses van a ser extraordinariamente difíciles.

—Lo siento —dijo Flora, sintiéndose tan triste como sonaba—. Solo tenemos que aprovechar al máximo el tiempo que nos queda.

Clara sonrió y dijo:

—Lo haremos mucho mejor. Doblaremos el tiempo y el espacio como las superheroínas que somos.

CAPÍTULO 7

Mapas

Cuando Flora fue a casa esa noche, se encontró a sí misma mirando un imán en el refrigerador. Tenía una cita de la poeta Maya Angelou, que decía "Cuanto más sabes, mejor lo haces". Era una de las citas favoritas de su madre, pero nunca había significado mucho para Flora. Mirando fijamente al imán, Flora supo, con una certeza que comenzó en la parte superior de su cabeza y se fue a la parte inferior de los dedos de los pies, que necesitaba hacerle saber a Clara que, a pesar de que no quería que se mudara, no quería arruinar su mudanza. ¿Que podía hacer para que Clara la recordase cuando estuviese lejos?

Pasó las siguientes dos semanas trabajando en un proyecto secreto, inspirado en los elegantes mapas que dibujaba la madre de Clara: una guía ilustrada de la futura ciudad de Clara, San Francisco. Para su cumpleaños, Mariana le había regalado a Flora un rollo de papel de carnicero.

—Es mejor si solo dibujas y dibujas, y no piensas demasiado en ello.

Flora usó ese papel para el mapa de Clara, tratando de no pensar la primera vez en lo bueno que eran los bocetos de Clara y dejándose llevar solamente por el largo rollo de papel, para así sentir la libertad de hacerlo una bola, tirarlo y volver a comenzar nuevamente.

Cada noche, después de la cena, hacía dibujos de lugares famosos que Clara podría querer visitar, desde los teleféricos y el Presidio, hasta el puente Golden Gate y el Muelle de los Pescadores.

Con la ayuda de su padre, Flora buscó los mejores lugares para comer en San Francisco, donde Clara iba a vivir. Incluyó los mejores lugares de tacos (los favoritos de Clara), pizzas (las favoritas del tío Joaquín) y helados (los favoritos de todos).

En el último lugar libre del mapa doblado, Flora dibujó una imagen de ella y Clara en equipo de buceo, nadando con las nutrias. A Clara le encantaban las nutrias. Cuando terminó, Flora mostró el mapa, que se extendía por todo lo largo de la mesa del comedor, a sus padres.

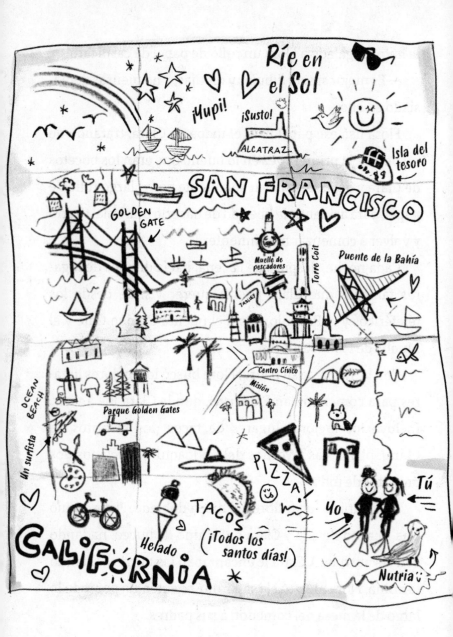

—Flora la Fresca, eres una maravilla. Eres tan creativa, igual que tu padre —dijo su madre y Flora supo, al ver cómo sus ojos lo abarcaban todo, que lo decía convencida.

Su padre la apretó por los hombros y le dijo:

—Eres realmente una artista, Florita. Debo contratarte para que hagas algo de arte en mi tienda.

Maylin se acercó y miró todo el mapa sin decir una palabra. Flora pudo sentir como todo su cuerpo se tensaba. ¿Por qué tenía que venir Maylin a arruinar el momento? Su hermana observó cuidadosamente el mapa, de una punta a la otra de la mesa.

—No es horrible —dijo finalmente—. Si mis invitaciones no hubiesen estado hechas por un profesional, tal vez te hubiese dado una oportunidad.

Flora casi no lo creía. ¿Maylin estaba siendo... *amable*? Sin saber muy bien qué decir, murmuró:

—Ah, gracias.

Maylin volteó los ojos.

—Ah, de nada.

Entonces, se fue caminando.

Flora se volteó hacia sus padres y dijo:

—Cuando miró todo esto, en realidad me siento un poquito celosa. Sé que Clara va a ir a una nueva escuela y eso debe dar miedo. Pero ella tendrá todos estos lugares geniales para visitar cuando se hayan asentado. Pero se está mudando a esta gran ciudad y yo solamente he vivido en este pequeño pueblo.

—Alégrate por ella, querida —dijo su padre, dándole otro apretón en sus hombros.

—De acuerdo —dijo su madre—. ¿Quién sabe?, tengo tantas vacaciones acumuladas que tal vez el próximo verano podremos ir a visitar.

Flora dijo:

—*Okey*, gracias mami.

Si decía lo que estaba pensando, que *todo* lo bueno en su vida se estaba terminando y que sus padres no tenían idea de lo solitaria que iba hacer su vida sin Clara, sabía que sus padres dirían "No seas tan dramática, Flora".

Pero eso era lo que no entendían. Solo era dramática porque su vida estaba llena de drama. Y la mudanza de Clara era el peor tipo de drama devastador al que se había enfrentado.

CAPÍTULO 8

El BFFómetro

Cada víspera de Año Nuevo los padres de Clara hacían una gran fiesta. Había empanadas caseras y una gran barbacoa. Debía haber un centenar de personas entre las multitudes que llenaron cada habitación de la casa.

Siempre fue la noche favorita del año de Flora y Clara. Pero cuando se vestía para la fiesta, Flora no pudo evitar pensar. Si solo pudiera detener el tiempo. Si tan solo pudiera hacerlo y que el reloj nunca llegara a las doce y no fuese Año Nuevo, entonces tal vez, solo tal vez, todo seguiría igual. Clara no se mudaría a California y los días siguientes serían como los días anteriores.

Enero era el mes de los abrigos pesados en Rhode Island. Pero los Ocampo tenían una chimenea exterior y una parrilla argentina gigante, y el patio estaba lleno de gente nacida en Nueva Inglaterra y latinos criados en Nueva Inglaterra, que estaban acostumbrados al frío.

El padre de Clara se encargó de la parrilla y su madre traía bandejas dentro y fuera de la casa: bandejas con espárragos y champiñones porcini, bandejas de carne en rodajas, cerdo, pollo y chorizo.

Clara y Flora estaban en la habitación de Clara, mirando las ominosas maletas que ya estaban empacadas.

La madre de Flora llamó a la puerta.

—¡Hola, Clara! —dijo—. Tengo un regalito para ti.

Le entregó a Clara una caja. Era una enorme base de investigación lunar de Lego City, con un Rover Viper, un carrito lunar y seis figuras de astronautas. A Clara le encantaban los Lego.

—Vamos, mamá —dijo Flora—. Es nuestro último Año Nuevo juntas, no podemos jugar Lego.

La madre de Flora se veía lastimada.

—Pensé que podían distraerse un poco esta noche.

Clara dijo:

—Tía Jasmine, me encanta. Gracias —Flora torció los ojos.

—¡Flora! —comenzó su madre—. No seas...

Flora sabía lo que su madre iba a decir. No seas tan grosera. *Don't be so rude*.

Pero su madre no terminó la oración. Se detuvo, entonces besó a cada niña en la frente y admitió:

—Es una noche difícil.

Se volteó hacia Flora y le dijo:

—Esta noche te la voy a dejar pasar.

Después que su madre se fue, Flora dijo:

—Son millones de piezas. Nunca podríamos terminarlas esta noche.

Los ojos de Clara se iluminaron.

—Nos quedaremos toda la noche despiertas, Flora la Fresca. Será nuestro sueño imposible. Como Don Quijote persiguiendo molinos de viento.

Flora refunfuñó lo más bajo que pudo.

El verano anterior, en la escuela de español sabatina, habían leído la versión infantil de la novela de Cervantes. Había sido un momento extraño de desacuerdo entre Flora y Clara. A Clara le gustó la historia de Don Quijote, el desafortunado soñador que emprende una búsqueda para convertirse en caballero. Flora pensaba que Don Quijote era un cabeza hueca y un bravucón que debía haber dejado tranquilo a Sancho Panza.

Clara miró a Flora.

—Escuché ese gruñido.

Se acercó y puso sus brazos alrededor de Flora.

—Realmente creo que solo tenemos dos opciones. No,

miento: creo que tenemos tres opciones.

Flora se sentó en el suelo de la hermosa habitación de Clara. Había una gran cama con dosel y una cama extra para pijamadas incorporada, dos sillas de brazo color algodón rosado y una mesa grande para rompecabezas que miraba al patio trasero.

—Estoy escuchando —dijo Flora.

Clara se levantó, buscó en el armario y regresó con una capa negra y un bastón. Señaló la puerta del baño.

—Detrás de la puerta número uno, está la opción de pasar la noche sollozando y sintiendo lástima por nosotras mismas.

Flora sonrió.

—Un poco *emo*, pero me gusta.

Clara se volteó y su capa revoloteó detrás de ella. Flora se preguntó: *¿Dónde voy a encontrar a una amiga con ese estilo? En ninguna parte y nunca.*

Clara dijo:

—Detrás de la puerta número dos —señaló el armario— hay una noche de empanadas, Lego y tocar todas nuestras canciones favoritas todo el tiempo que queramos.

—¿Puedo ser la DJ? —preguntó Flora esperanzada.

—Eres —siempre y para siempre— la DJ. Clara señaló a Flora, se dio la vuelta y señaló las bocinas.

—*Okey* —dijo Flora—. Esta parece menos emocionalmente agotadora que la puerta número uno. Pero ¿cuál es la puerta número tres?

Clara apagó las luces de la habitación, algo que hacía a menudo. Entonces, Clara encendió la linterna gigante que su madre guardaba debajo de la mesa de rompecabezas y señaló al patio trasero.

—La última opción, Flora la Fresca, puerta número tres, es que nos lancemos a la parrilla de mi papá y pasemos el resto de nuestras vidas como una rica, rica barbacoa.

Flora levantó una ceja, luego la otra.

—Anda, Clarita, nuestros padres no van a convertirse en caníbales.

Clara dijo:

—¿Ahí es donde va tu mente? ¿Nada de las llamas ardientes?

Flora miró a su amiga y dijo:

—Eres rara.

Clara sonrió y dijo:

—¿Qué tal si vamos a la luna con este Lego?

—Tengo una idea más —dijo Flora—. ¿Qué tal si

hacemos nuestro propio juego? Podemos llamarlo el BFFómetro. Podemos crear un programa simple en tu computadora.

—Ya me gusta —dijo Clara encendiendo su computadora.

El BFFómetro era una prueba que crearían para ayudarlas a encontrar una amiga de reemplazo para cuando Clara se fuese. Crearon el programa BFF usando una herramienta de códigos simple, llamada *Scratch*. La pregunta #1 era, por supuesto, "¿Sabes usar *Scratch*?". Clara y Flora pensaron que sería divertido. Pero también sería revelador. Ninguna de las otras chicas de su clase podía trabajar ni siquiera en los programas más básicos. Las chicas habían hecho una regla hacía mucho tiempo, lo cual significaba como en tercer grado, cuando hicieron su primera consola de bolsillo con chip. La regla era que solo pasarían el rato con chicas que sabían programar o chicas que estaban dispuestas a aprender.

Pregunta #2. "¿Hablas español?". Cada vez que no querían que los otros chicos las entendiesen, Clara y Flora hablaban en español, o más exactamente en *spanglish*. Para Navidad, la mamá de Flora les había conseguido unas camisetas que decían *Pero, like...* Porque eso era lo que siempre decían, como en: "Sí, Philip Pullman es el mejor en todo el mundo, pero, *like*... no te puedes dormir con Rick Riordan".

Clara dijo:

—No me importa si mi nueva amiga de California no habla español, pero tiene que hablar algo más que inglés.

Flora dijo:

—Exactamundo. No quiero tener amigas que ni siquiera intenten hablar otro idioma.

Así que modificaron la prueba de *Scratch* para tener una respuesta predeterminada si la respuesta a la pregunta era no. Todavía podrías obtener un punto de dos si estuvieras dispuesta a aprender español o si hablases otro idioma.

Aunque Flora y Clara la llamaran prueba de BFFómetro, no querían decir exactamente eso. Siempre serían BFFs, porque la última F en BFF significaba *forever* o *para siem-pre*. Pero California estaba muy, muy lejos de Rhode Island y estaban tratando de ser *realistas*, que era lo que los adul-tos siempre decían cuando querían darte malas noticias sin escuchar una sola queja. Cuando Flora se enteró de que Clara se estaba mudando a California, le preguntó a sus padres si también podían mudarse a California. El padre de Flora suspiró y dijo:

—Anda, Clara, sé *realista*.

El BFFómetro era su intento de un acercamiento científico a esa horrible palabra.

—Vamos a necesitar a alguien con quien almorzar —dijo Clara.

Por supuesto. También, sería lindo si la persona supiera patinar —dijo Flora.

O al menos esté interesada en aprender.

Esto las llevó a la pregunta #3: "¿Sabes patinar?". Con un punto por defecto si había voluntad de intentarlo.

—Digo, no somos grandes patinadoras —dijo Clara.

—Seeeh, pero nos vemos bien intentándolo —dijo Flora—. Puntos por estilo, chica. Puntos por estilo.

La pregunta #4 era: "¿Te gusta intercambiar elementos del almuerzo?". Esta pregunta estaba destinada a determinar si la nueva amiga potencial era tacaña y mala como Maylin. Años antes, Clara y Flora habían sellado su amistad el primer día de clase, cuando Clara tenía una caja de leche de chocolate y Flora solo tenía leche. Clara vio como Flora estaba mirando su leche de chocolate, se ofreció a intercambiarla.

—Tomo leche con chocolate todo el tiempo —dijo Clara.

Lo cual era cierto. Pero también era cierto que Clara amaba la leche de chocolate más que casi cualquier otra cosa en el mundo. Pero Clara era así. El hecho de que amara algo no significaba que no lo compartiría contigo. De solo pensarlo, a Flora le dieron ganas de llorar. Pero estaba tratando de no hacerlo.

Clara dijo:

—La última pregunta debe ser capciosa. De esa forma, sabremos que la persona no se está congraciando con nosotras.

Flora levantó una ceja.

—¿Acaso *alguien* se congracia con nosotras?

Clara dijo:

—Bueno, no. Pero deberían, porque somos formidables.

Flora asintió.

—Concuerdo en lo de formidables.

Clara tomó el teclado y escribió rápidamente la pregunta #5:

PREGUNTA #5: ¿QUÉ VALORAS MÁS EN UNA AMIGA?.

A. HONESTIDAD.

B. LEALTAD.

C. SENTIDO DE AVENTURA.

D. NO, NO HAY "TODAS LAS ANTERIORES".

Flora estaba confundida.

—Esa no es una pregunta capciosa, Clara. La respuesta es C, obvio.

Clara hizo un sonido de campana: *Ring, ring, ring.* Era muy buena con los sonidos de campana, los de los pájaros y otras cosas que sonaban exactamente como las imitaba. Dijo:

—Pero mucha gente dirá honestidad.

Flora dijo:

—Honestidad. Tontestidad. Es una respuesta muy bien portada. ¿Qué tiene de divertida?

Clara sonrió.

—Tienes razón. ¿Quién necesita honestidad cuando puedes ser divertida en cambio?

—Pero, ¿y la lealtad? —preguntó Flora—. ¿No quieres que tus amigas sean leales?

Clara sopló una burbuja y la reventó.

—Las mascotas necesitan ser leales. Las personas deben preocuparse por divertirse.

CAPÍTULO 9

Día de Reyes

El sábado anterior a la mudanza de Clara, sus vidas se hicieron miserables por un último evento de la escuela sabatina de español. Era 6 de enero y su maestra de español, la señorita María José, había organizado un concierto para el Día de los Reyes Magos.

Mientras Flora se ponía su cuello alto blanco y su falda azul marino, le dio una mirada odiosa a las medias azul marino que su madre le había sacado. Se preguntaba *¿Quién había inventado las medias y qué terrible venganza estaba destinado el dispositivo de tortura a resolver?*

Bajó las escaleras de madera de su casa con cuidado, ya que las medias no solamente eran muy incómodas, sino que también eran resbalosas.

—Te ves muy bien —dijo su madre de forma aprobatoria.

—¿Gracias? —dijo Flora, con poco entusiasmo.

No se sentía muy linda. Tenía ganas de arrancarse las medias y ponerse su camiseta favorita, la que tenía todos los agujeros y rasguños, que su madre seguía amenazando con botar. Quería esconderse bajo las sábanas hasta que terminara la pesadilla y pudiera abrir los ojos y enterarse de que todo había sido un mal sueño: Clara y su familia no se mudaban a ninguna parte.

Pero en esta terrible realidad, se estaban mudando. Y Clara estaría en el concierto. Necesitaba pasar cada momento que pudiera con su amiga, incluso si eso significaba vestirse con ropa que le picaba y cantar villancicos en español.

—¿Sonrisa? —preguntó su madre.

Flora movió los extremos de su boca hacia arriba muy levemente, pero sin intención y su madre lo sabía.

—Te vas a animar cuando veas a Clara —dijo su madre—. Vámonos.

En el pasillo, Flora se sentó en el suelo y se ajustó las botas. Llevaba sus botas elegantes, las que tenían el forro interior de lana y cuero negro pulido en la parte de afuera.

Su padre se unió a ellas. También estaba bien vestido, con un elegante abrigo de color camello que solo usaba en ocasiones especiales y pantalones oscuros muy plisados. Su madre llevaba un vestido de cuello alto y se puso una chaqueta plateada.

Maylin daba pisotones desde su habitación hasta la parte superior de la escalera y dijo:

—¿*De verdad* tengo que caminar a través de la nieve helada para esta tontería?

—Es Tres Reyes —dijo su madre con severidad—. Vamos a ir al concierto de tu hermana como familia.

Maylin no se veía convencida.

—Pero tengo que practicar la coreografía de mi quince.

—Que es dentro de cuatro meses —respondió su madre.

—Créeme —murmuró Flora—, necesita toda la práctica posible.

A Maylin le gustaba quejarse de que sus damas y chambelanes no se presentaban para los ensayos, pero por lo que Flora había visto de Maylin agitándose por la sala de estar, su hermana estaba lejos de dominar la coreografía de los videos que estudiaba con gran atención.

—¡Escuché eso! —dijo Maylin.

Flora se encogió de hombros.

—Solo trataba de ayudar.

—Vístete, Maylin —dijo su padre.

Fue entonces cuando Flora se dio cuenta de que su hermana todavía estaba en pijamas y el concierto comenzaba en media hora.

—Llegaré tarde si la esperamos —dijo Flora—. Dejen que se quede en casa.

—No —dijo su madre—. Yo te llevaré y tu papá esperará a Maylin.

—*Okey*, nos vemos —dijo Flora, besando a su papá en la mejilla.

Luego, por encima de sus hombros, le torció los ojos a su hermana, a sabiendas de que Maylin lo odiaba.

—Eres una niña —suspiró Maylin.

—La niña favorita —refutó Flora—. Te veo cuando te vea.

Mientras salía por la puerta, Flora se sintió bien por tener la última palabra con su hermana mayor. En sus cuentas, iba Flora 2 - Maylin 0.

Después de todo, el día no había comenzado tan apestoso.

El concierto se estaba celebrando en la Capilla Westerly, una pequeña iglesia no muy lejos de donde vivían Flora y su familia. Cuando Flora y su madre llegaron, encontraron a Clara y a Mariana esperando afuera.

—Ay, no, espero que no hayan esperado mucho —dijo su madre.

—Dos minutos —dijo Mariana entusiasta, besando a Flora y a su madre en la mejilla—. ¿Vamos a buscar asientos?

Las madres se fueron por la izquierda hacia el auditorio, mientras Clara y Flora se apuraron hacia los bastidores.

—Me gusta tu vestimenta —bromeó Clara.

Estaba vestida igual que Flora con el uniforme de la escuela: un cuello alto blanco, una chaqueta azul marino y medias azul marino.

Flora sonrió.

—Gemelitas.

Tras bastidores, la señorita María José intentó que los estudiantes se calmaran. Eso no fue fácil, ya que todas las clases de español de los sábados se habían reunido, desde los niños de *kinder* hasta los estudiantes de octavo grado.

Flora y Clara miraron subrepticiamente a un trío de chicas de octavo grado que llevaban las mismas camisas blancas y minifaldas azul marino. Eran solo tres años mayores, pero parecían ser infinitamente más geniales.

—¿Crees que algún día seremos así de altas? —suspiró Clara.

—Son altas *y* están usando tacones —apuntó Flora.

Una de las chicas llevaba el pelo en dos moños trenzados. Las otras dos chicas parecían haberse secado el pelo recientemente y su cabello caía en perfectas cascadas de ondas, que milagrosamente no se habían mojado ni aplastado de camino al evento.

—¿Qué crees que hagamos cuando seamos grandes, trenzas o secadora de pelo? —preguntó Flora.

—Trenzas, seguro —dijo Clara—. No tengo tiempo para peinados elaborados.

En el escenario, la señorita María José colocó a Flora y a Clara en la misma fila de gradas que a las niñas de octavo grado.

—Todos mis altos, juntos —dijo la maestra.

Puede haber sido tan simple como el hecho de que fueran altos y nos sopranos, pero la proximidad a las estudiantes mayores hizo que las dos chicas se vieran un poco más altas y cantaron con más confianza.

Los estudiantes cantaron *Los peces en el río* y también una versión de *Noche de paz*.

La señorita María José explicó a toda la capilla que *Noche de paz* había sido escrita originalmente en alemán.

—Lo que intento enseñarles a mis estudiantes es que mientras el inglés puede ser el idioma dominante en Estados Unidos, hay ejemplos de traducción y una mezcla de culturas sucediendo todo el tiempo. Nos rodea.

Para terminar el concierto, cantaron una canción que la madre de Flora ponía repetidamente desde el día después de Acción de Gracias hasta el 6 de enero, cuando toda la familia insistía en que era suficiente: *Abriendo puertas*. Su madre la ponía tan a menudo que era la única canción del concierto que Flora no tenía que memorizar. Ya se sabía todas las palabras.

Cuando llegaron al coro, en la parte de abrir puertas y cerrar heridas, Clara tomó la mano de Flora y bailaron salsa en sus lugares.

Flora bailó junto a ella y luego las alumnas de octavo grado se dieron cuenta y comenzaron a bailar. La señorita María José les hizo un guiño de ojos a Flora y a Clara, se volteó al público y dijo:

—¡Bailen con nosotros! ¡Canten con nosotros!

El público, que era casi todo de residentes de Westerly con herencia latina, no necesitó mucha insistencia para mover los pies.

Flora podía ver a sus madres en la segunda fila, radiantes y bailando con entusiasmo. En los costados podía ver a sus tíos haciendo rebotar a bebé Fina en sus brazos y cantando juntos. En la parte trasera de la capilla vio a su padre balanceándose de lado a lado. Sentada cerca en el medio

de los pasillos, pudo ver a la abuela, con su cabeza recostada sobre los hombros del señor Carter. Maylin no estaba bailando. Estaba sentada mensajeando en su teléfono. Su español era bueno, nunca conoció la miseria de las clases sabatinas de español. Pero en vez de ayudar a Flora, la criticaba o la ignoraba. Flora se preguntaba si Maylin había escuchado alguna vez el dicho "De aquel que mucho tiene, mucho se espera". Maylin era la mayor y la mejor en español, la primera en tener un quince. Lo menos que podía hacer era no arruinar las fiestas con su falso espíritu despectivo.

La señorita María José les indicó que siguieran cantando, así que volvieron a empezar la canción desde el inicio. En momentos como este, Flora se sentía tan emocionada, que era como si todas las estrellas de la noche se hubieran deslizado por las mangas de su camisa. Bailando y cantando con su mejor amiga, Flora pensó que de esto era que se trataban las fiestas, esto era lo que significaba seguir abriendo puertas y viviendo la vida.

CAPÍTULO 10

El largo adiós

¿Cómo pasas tu última pijamada con tu mejor amiga?

La respuesta, pensó Flora, era simple: no duermes.

La noche antes de que la familia de Clara estuviese lista para mudarse para siempre, Flora llevó su bolsa de dormir a la habitación de Clara.

—¿Estás bien con el plan? —preguntó.

Clara se veía dudosa.

—Pero... Flora, ¿te has quedado despierta durante toda la noche antes?

Lo pensó.

—Lo más tarde que me dormí fue a la media noche en Año Nuevo.

—Igual, yo —dijo Clara—. Y normalmente caemos cinco minutos después de la media noche.

Flora sabía que su amiga tenía razón, pero también se sentía bastante intrépida.

NO) Piyamada *

HORARIO

6 PM : Nadar

7 PM : Piyamas   Ducha

¡Salud!

7 PM Cena   **7:30** Peli #1

Ñam   **9 :** Hacer POPCORN

Peli #2 !!

9:15 - 11:15

11:15 → 12:15 ... Videojuegos

2:15 - 12:30 → Hacer saltos para permanecer DESPIERTA

12:30 - 12:45 : Ver TikTok

2:45 - 1 AM Tener una fiesta muy tranquila

AM - 2 AM : Escuchar un Audio Book

AM - 3 AM : Juegos de mesa

AM - 4 AM : Jugar cartas ... por $$ dinero

am - 6 am : Sacar los pinceles y pintar

el amanecer

—Por eso —dijo— es que tenemos un horario.

Clara parecía intimidada.

—Tremendo horario, pero estoy dispuesta a intentarlo si tú lo haces. Pongámonos los trajes de baño.

Flora sintió como si estuviese caminando por el almacén de las canteras de su tío mientras iban en sus chancletas desde la habitación de Clara hasta la piscina. Nada de la casa de Clara resultaba familiar. No había obras de arte en las paredes, todo estaba en cajas, excepto por el sofá, el televisor y la mesa del comedor. No se sentía como la casa de Clara y solo la idea de que muy pronto ya no sería la casa de Clara jamás, le dio ganas de llorar.

El agua de la piscina se sentía más fría de lo habitual. Incluso en medio del invierno, por lo general se sentía cálida como el agua del baño, pero esta noche fue diferente.

Flora no quería quejarse, así que nadó más rápido, tratando de calentarse. Pero entonces, notó que los dientes de Clara estaban chasqueando.

—Tengo frío —dijo Clara.

Flora miró el reloj en la pared:

—Pero son solo las seis y media. Nunca lo lograremos si no nos atenemos a nuestro horario.

—Podemos tomar duchas súper largas y escuchar música a todo volumen en el baño. Un pequeño baile post-ducha nos llevará un tiempo.

—*Okey* —dijo Flora, saliendo de la piscina.

Fue solo cuando le pasó a Clara una bata de baño, que se percató del frío que tenía.

Flora se despertó varias horas después en el sofá. Ella y Clara ni siquiera habían llegado hasta el final de la primera película. Ella no sabía qué hora era, pero los padres de Clara habían apagado el televisor y las habían cubierto con mantas. Clara estaba dormida, con las rodillas dobladas, en el lado corto del sofá en forma de L, dejando a Flora en el lado largo. Flora consideró despertar a Clara y ver si podían volver al plan, pero no lo hizo. La casa estaba muy oscura e incluso si todo lo que hicieron fue dormir, al menos estaban juntas todavía.

A la mañana siguiente, el padre de Flora las llevó a la ciudad para un desayuno elegante de panqueques con ricota de limón y sirope de arándanos, mientras los de la mudanza terminaban de empacar. La idea era que Clara viajara con Flora y sus padres al aeropuerto y se encontraran con los padres de Clara allí.

***

Después de comer lo que pueden haber sido los panqueques más grandes de todo el noreste de los Estados Unidos y la mayoría de las reservas estratégicas nacionales de sirope de arándanos, las chicas se dirigieron al auto para el viaje final hacia el aeropuerto. En el momento en que Clara se metió en el auto, Flora empezó a llorar.

Clara dijo:

—No hagas eso. Vas a hacer que yo comience.

Estaban a una hora y veinticinco minutos del aeropuerto de Connecticut. Era un largo camino, pero ninguna de las chicas sintió que era suficientemente largo.

Luego de unos treinta minutos de viaje, Clara dijo:

—¿Y si lloramos tanto que el auto se sumerge como un submarino?

Flora examinó el interior del auto de la familia como si fuese algo que no hubiese visto antes.

—Eso sería un montón de lágrimas, Clara.

—Lo sé —dijo Clara, luciendo emocionada—. Pero ¿no sería genial?

Flora miró por la ventana e imaginó los carriles de la carretera llenos de agua y cada auto convertido, por arte de magia, en un submarino.

—Uhmm —se preguntó Flora en voz alta—. ¿Crees que haya tráfico bajo el mar?

Clara miró por la ventana como si ella también pudiese ver todos los submarinos autos. Espero que no, dijo. El tráfico submarino sería muy cotidiano.

Flora sonrió. *Cotidiano* era otra de sus palabras favoritas. Era una de esas palabras que no tenían traducción al inglés. Significaba todos los días, pero también a la *misma hora, regular, normal* y *perfectamente bien.*

Miró a su mejor amiga y dijo:

—Hoy es de todo menos cotidiano.

—No lo es, Flora.

—¿Tienes miedo? —susurró Flora, para que sus padres, que estaban sentados adelante escuchando un *podcast*, no pudieran escuchar.

Clara asintió. Flora notó que su amiga no hacía caras graciosas, ni usó una vocecita tonta o dramatizó, moviendo sus brazos. La respuesta directa a una pregunta seria fue tan decididamente no-Clara, que Flora supo que las cosas estaban tan mal, posiblemente peor de lo que parecían.

—Mira el lado bueno —dijo Flora, tratando de animarse—. Como las escuelas en California comienzan más temprano, estarás fuera de la escuela antes. Comenzarás tu nueva escuela y en seis mini-semanas serán las vacaciones de verano.

Clara parecía animada.

—Casi lo olvido. Tendré casi tres meses enteros de vacaciones.

Flora apretó la mano de Clara.

—Te lo mereces.

Antes de que se percataran, estaban llegando al aeropuerto.

—No puede ser —dijo Clara incrédula, mirando a todas las terminales, a todos los aviones yendo en cada dirección hacia todos lados del mundo.

Flora parpadeó furiosamente, deseando no empezar a llorar otra vez.

Cuando se detuvieron en la terminal, la madre de Clara la estaba esperando en la acera.

—*Okey*, Clarita —dijo cuando salieron del auto—. Ha llegado el momento.

Clara fingió estar de pie en un balcón y miró a la distancia como si el estacionamiento fuera su amor perdido hace mucho tiempo.

—Ay —declaró, citando a Shakespeare—. *La partida es un dolor tan dulce.*

—Estás loquita —dijo Flora, jalando a su amiga para abrazarla.

Clara la abrazó igualmente.

—Me caes bien, loquitilla.

Flora le entregó a Clara el mapa que había envuelto en papel dorado y un conjunto de cartas.

—Una es para el avión. Una es para cuando llegues a tu nueva casa. Una es para el primer día de escuela.

Clara tomó la mano de Flora.

—No eres solamente mi mejor amiga. Eres la mejor amiga que cualquier chica hubiese podido tener.

—Igual, igual —dijo Flora.

Intercambiaron cumplidos una y otra vez, hasta que el guardia de seguridad del aeropuerto les dijo que tenían que mover el auto.

Las chicas se abrazaron por última vez. Luego, las mamás se abrazaron y los papás hicieron el incómodo medio abrazo, medio apretón de manos. Entonces, Clara entró por la puerta y Flora se quedó allí. Ya no se sentía tan fresca. Con Clara dirigiéndose a California, ahora parecía mas Flora la Sola.

CAPÍTULO II

El almuerzo es la hora más solitaria

En todo el tiempo en que se estuvieron preparando para la partida de Clara, Flora no había pensado en lo horrible que sería la escuela sin Clara. Sentada en clase, se sentía como una muñeca de trapo. Como si su cabeza estuviese llena de algodón y apenas pudiese mover los brazos y las piernas. Podía oír a su maestra hablar; podía ver a los niños de la clase haciendo chistes y riéndose, pero se sentía muy lejos de ellos y todo lo que podía oír era el gran sonido del aire que soplaba a través del agujero de su corazón.

Cuando sonó la campana del almuerzo se sentó mirando el espacio vacío sobre la pizarra. El aula se vació en cuestión de segundos. Se preguntó si su maestra podría permitirle quedarse allí. Ella no quería ir a la cafetería sin Clara.

Su maestra, la señora Romano, se acercó y le tocó el hombro.

—Flora, es la hora del almuerzo.

Flora la miró y dijo:

—No tengo hambre.

La señora Romano dijo:

—Sé que estás triste. Estuve mirando la silla de Clara hoy esperando verla hacer alguna cara tonta, pero ella se ha ido a una nueva aventura.Quién sabe si este año tú también descubras una nueva aventura.

—¿En Westerly? —preguntó Flora, escéptica.

Las posibilidades de que encontrara una aventura en su pequeño pueblo, sin Clara, eran de una en un millón. La señora Romano le guiñó un ojo.

—Aún en Westerly. ¿Sabes que este era un refugio para los piratas en el siglo XVIII, verdad?

A Flora le gustaba mucho la señora Romano. Estudios Sociales era una de sus materias favoritas. La señora Romano la hacía divertida y estudiaban todo, desde mapas y geografía, hasta periódicos y documentales que le daban vida a la gente de la historia.

—Debes comer algo, Flora —dijo la señora Romano—. Déjame acompañarte a la cafetería.

Flora hizo que sus piernas de muñeca de trapo se levantaran y siguió a su maestra por el pasillo. El día antes de mudarse, la madre de Clara les trajo cinco bandejas de empanadas a los padres de Flora.

—Un regalito para nuestros vecinos eternos. Para su congelador.

Debía haber unas cien mini empanadas en esas bandejas.

Su padre le había empacado un almuerzo especial ese día: una empanada de espinaca y una de carne, que había frito esa misma mañana y envuelto en papel aluminio. Flora sabía que también había Ramune (una bebida japonesa), una manzana y palitos cubiertos de chocolate. Cuando pensó en aquella comida, su estómago gruñó.

La señora Romano sonrió y dijo:

—¿Ves? Pensé que te daría hambre.

Se quedó con Flora en la entrada de la cafetería y preguntó:

—¿Estás bien?

Flora asintió, pero mirando el lugar pensó: *Estoy todo menos bien.*

La cafetería era ruidosa y caótica. Los dos maestros asignados a mantener el orden se sentaron en los extremos opuestos de la cafetería, mordisqueando sin pensar sus emparedados y revisando contenidos en sus teléfonos.

Era una escuela pequeña, con solo dos salones por cada grado. Flora conocía a todo el mundo, pero mirando alrededor del lugar, no se sentía cercana a nadie.

Estaba la mesa de las Lucy. No contaba. Las Lucy eran las chicas populares de la clase. Una chica llamada Palmer Gilroy y sus compis, Sasha C. y Sacha M., a quienes Clara y Flora empezaron a llamar Lucy en cuarto grado, porque eran como la niña de *Peanuts*, que estaba siempre moviendo la pelota cuando Charlie Brown estaba a punto de patearla (no es necesario decir que Maylin era toda una Lucy).

Las Lucy siempre cambiaban de opinión sobre lo que era genial o no. Una semana, las papitas con queso eran "in-cre-í-bles" y el poke sería declarado "lo peor". Dos semanas más tarde, era todo lo opuesto. Estaban todas haciendo planes para ir a comer poke después de la escuela y se preguntaban en voz alta: "¡¿Qué rayos nos hizo meternos una papa con queso en nuestras bocas?!".

Flora se preguntaba si realmente eran chicas de carne y hueso. Tal vez, pensó, eran robots programados para realizar experimentos en la susceptible naturaleza de las mentes preadolescentes.

Vio a Daisy y a Olivia, dos genias de las matemáticas que eran tan listas, que tomaban clases avanzadas de matemáticas en secundaria dos veces por semana. Eran lindas, pero Flora no podía entender de qué hablaban. Un día en clases, Daisy hizo una broma sobre las curvas de campana y algo sobre la probabilidad de las hojas de Bayes y su maestra de matemáticas, la señorita Padnani, se rio tan fuerte que pensaron que se le iban a salir los mocos. Flora ya tenía suficientes dificultades para mantenerse al día con español. Ella no quería añadir geometría y todas sus referencias inteligentes a la lista de cosas que estaba tratando de aprender.

Un chico llamado Aidan la llamó:

—Ey, Flora, ven a sentarte con nosotros.

Los gemelos Aidan y Aditya habían estado en la clase de Flora desde preescolar. Eran muy *muy* quinto grado. Con esto, Flora quería decir que repitieron un baile una y otra vez, uno que sacaron de su videojuego favorito, hasta que un adulto les rogó que pararan. Pensaban que cualquier cosa que implicase pedos y eructos era hilarante, pero lo que más les gustaba a Aidan y a Aditya era la comida. Pasaban todo su tiempo libre viendo programas de chef y desafiándose a comer cantidades descabelladas de comida.

Siempre competían. ¿Quién podía comer más Peeps? ¿Quién podía comer tres mini pasteles de manzana en menos de diez minutos? ¿Quién podía comer más papas fritas y platos de helado sin vomitar?

Para cronometrar estas competencias, ambos llevaban cronómetros idénticos colgados en sus cuellos. Igual que su maestra de gimnasia, la señorita Behar.

La madre de Aidan y Aditya era doctora en el mismo hospital que el de la madre de Flora. Eran como hermanitos, a pesar de que todos estaban en el mismo grado. Flora pensó que había peores lugares para sentarse a comer. Caminó hacia su mesa, tratando de borrar la tristeza de su rostro.

—¿Qué onda? —dijo, tratando de sonreír.

—No mucho —dijo Aditya.

—Así que Clara se mudó, ¿ah? —dijo Aidan.

Flora asintió.

—¿A dónde fue?

—California.

—¿Norte o sur?

Flora se preguntó por qué le importaba.

—El norte de California —dijo.

Aidan abrió su computadora portátil y desplegó una hoja de cálculo.

—Hay unos buenos desafíos ahí arriba. En el Monrovia Cheese Steak Emporium hay un concurso en el que debes comerte ocho filetes con queso y ocho órdenes de papas fritas en dos horas.

Flora se encogió de hombros.

—¿Será que es difícil?

Aidan y Aditya intercambiaron miradas.

—Uhmm, ¿sabes lo grande que son esos emparedados? —preguntó Aidan.

Aditya sostuvo sus brazos del tamaño de su computadora.

—Son de ESTE TAMAÑO.

Aidan sacudió su cabeza.

—Más grande que eso.

—*Okey* —dijo Flora—. ¿Cuál es el premio?

—Te dan una tarjeta de regalo de cien dólares y ponen tu foto en el Muro de la Fama — dijo Aidan.

—Es genial —dijo Aditya, chocando las cinco con Aidan como si justo hubiesen ganado el concurso.

Flora lo pensó por un segundo.

—Creo que, si comiese tantos filetes con queso en una sola sentada, jamás volvería a comer otro filete con queso en mucho tiempo. Así que la tarjeta de regalo no sería tan buena.

Aidan y Aditya la miraron como si hubiera dicho algo abominable.

—El premio es genial —dijo Aditya—. Podrías darle la tarjeta de regalo a un amigo.

—Como yo —dijo Aidan.

—Y de todos modos, en realidad no se trata del premio —explicó Aditya—. Se trata de la gloria.

—Seeeh —intervino Aidan—. El-Muro-de-la-Fama.

Dijo las cinco palabras como si fuera el tipo del cine que te dice que apagues tu celular y que no hables durante la película.

Aidan revisó su hoja de cálculo.

—Hay un montón de buenos concursos cerca de Clara. Helado, pastelitos, pizza, medialunas.

Flora asintió, como no queriendo herir sus sentimientos.

Aidan sonrió.

—Puedo enviarte un correo electrónico con esta lista para que la compartas con Clara.

—Genial, gracias —dijo Flora.

Aidan apretó el botón de enviar y dijo:

—Hecho.

—Dile que haga un video si de verdad entra a alguno de estos concursos —dijo Aditya—. Queremos verla.

—*Okey* —dijo Flora, pensando en que ni ella ni Clara harían algo así jamás.

Entonces se le ocurrió que como Clara se había ido al extremo opuesto del país, la verdad era que no podía decir con certeza lo que Clara podría o no hacer en su nueva vida.

—Flora —dijo Aidan—, ¿oíste hablar de un hombre en California que se tragó tres pimientos escoceses en ocho segundos y medio?

Flora se encogió de hombros.

—No tenía idea.

Aditya dijo:

—Eso es algo grandioso, Flora. Está en el libro Guinness de los récords mundiales.

Flora no sabía qué era eso, pero pensó que era mejor no interrumpirlos.

—Algún día voy a batir ese récord —dijo Aidan.

—No si yo lo logro primero —dijo Aditya.

Flora estaba bastante segura de que sin importar lo que cambiara, su mejor amiga no tendría como meta de vida los pimientos escoceses. Seguramente, los chicos debían tener algo más de qué hablar.

Flora miró su reloj mientras tomaba el último bocado de sus deliciosas empanadas. Ella pensó que su reloj debía estar dañado. Cuando ella y Clara almorzaban juntas, el periodo de almuerzo siempre parecía muy corto. ¿Cómo podía ser que todavía quedarán veinte minutos para volver a clases?

—Ey, Flora —dijo Aidan.

—Ey, Aidan —contestó ella.

—¿Sabes que hay un concurso en Nuevo México en el que la gente compite para ver quién puede comer más dientes de ajo en una sola sentada?

—Ahora lo sé —dijo Flora exhausta.

Aditya empezó a reírse.

—Se llama "El concurso Apestas".

Aidan se burló, mostrando un pedazo de pastel de chocolate medio comido y muy desagradable.

—¡Apestas! Ese es el mejor nombre de concurso de la historia.

Flora volvió a mirar su reloj. Faltaban dieciocho minutos para que terminase el almuerzo. Como diría su abuela, "Te toca lo que te toca y no debes enojarte". Esta era ahora su mesa para almorzar. Tenía que lidiar con eso. No tenía caso molestarse.

CAPÍTULO 12

Fallo de Zoom

La tarde del domingo era ahora el momento favorito de la semana para Flora. Después de cenar a su hora y después de la hora del almuerzo de Clara, ellas se encontraban en el chat de Zoom.

A Flora le encantaba todo sobre las llamadas. La diversión comenzaba cuando ella se servía un vaso de leche con chocolate, sabiendo que Clara se serviría lo mismo.

Flora hacía la llamada desde su habitación y siempre quería llegar temprano para cambiar su fondo de pantalla. A veces le ponía un castillo de Disney. Una vez le puso uno con la superficie de la luna.

Ese día, Flora eligió colocarse en la Baticueva debajo de un cartel de "Se Busca" del Guasón. Sonrió, pensando que haría reír a Clara.

Estuvo sola en la llamada por cinco minutos. Se quedó viéndose a sí misma y trató, en vano, de aplacar el rulo de su cabeza que siempre parecía querer separarse de la nación de rizos.

Después de diez minutos, empezó a preocuparse, pero ella sabía que algunas veces a Clara se le hacía tarde. Le envío un texto diciendo: "Ey".

Cuando ya llevaba quince minutos sola en la llamada, se sintió segura de que algo estaba terriblemente mal.

Bajó las escaleras y encontró a su padre en la sala. Estaba viendo el programa de detectives que tenía ocho mil episodios. Entró en la habitación, justo cuando los detectives llegaron a la escena del crimen.

—Ahhh... —exclamó.

Tomó el control remoto y apagó la pantalla.

—¿Qué pasa? —preguntó su padre, un poco más que molesto.

—Algo anda mal con Clara —dijo Flora—. ¿Puedes llamar a sus padres? He esperado quince minutos en la llamada y nunca apareció. No me contesta los mensajes.

En la mente de Flora corrían pensamientos terribles de cosas que pudieron haberle pasado a Clara en esa tierra terrible y extraña que era California.

—Pudo haber ido a la playa y haber sido atacada por un tiburón.

La idea era loca, pero en cuanto las lágrimas empezaron, no pudo parar.

—No, no. Tranquila —dijo su padre, abrazándola—. No dejes que tu imaginación te gobierne.

—Pero debe haber pasado algo muy malo como para que se pierda nuestra llamada.

Maylin entró a la sala y vio a Flora llorando.

—¿Quién se murió? —preguntó antes de mirar su celular para leer sobre alguien, en algún lugar, que definitivamente no estaba lidiando con la desaparición de su mejor amiga.

Flora no podía creerlo. Su mejor amiga podría estar tirada en la playa, sin extremidades por un ataque de tiburón y Maylin estaba en su egoísta "A quién le importa" de siempre.

—Nadie murió —dijo su padre—. Flora, espérate. Voy a subir a llamar al padre de Clara.

Maylin se encogió de hombros y salió de la habitación.

Flora se sentó en el sofá, con la rodilla izquierda moviéndose incontrolablemente, como cuando estaba nerviosa. Puso sus manos en la rodilla, tratando de detener el movimiento. Su padre regresó a la sala con una sonrisa en su rostro y Flora se relajó inmediatamente.

—Clara está bien —dijo—. Tiene una nueva amiga llamada Avery, que la invitó a caminar por el sendero de Redwoods.

Flora casi no podía creer lo que estaba escuchando. ¿Qué amiga?

—Pero ella nunca se pierde nuestras llamadas.

—Salió temprano esta mañana, tal vez pensó que volvería a tiempo.

—Pero ni siquiera me mandó un mensaje.

Su padre sacudió la cabeza.

—Aparentemente olvidó su teléfono en casa. Sus padres no están muy contentos con eso.

Flora no estaba satisfecha.

—Ella se sabe mi número de memoria. Pudo haber pedido uno prestado y mandarme un mensaje.

—Querida —suspiró su padre—. Probablemente se olvidó.

La palabra rebotó en la cabeza de Flora como un martillo: Olvidó. Olvidó. Olvidó.

Clara se había ido hacia menos de tres meses y ya la había olvidado.

—*Okey*, papá —dijo Flora, tratando de sonar valiente—. Estaré en mi cuarto.

Flora subió las escaleras lentamente y se desplomó frente a la silla de su escritorio. El fondo de pantalla de la Baticueva seguía en la pantalla, pero ahora parecía como si el Guasón se estuviese burlando de ella.

Escuchó un golpe en su puerta y luchó contra la urgencia de decir *Váyanse*. Sabía que sus padres le dirían que no fuese grosera, así que suavemente dijo Pase.

No era su madre o su padre. Era Maylin. Flora deseó utilizar la oportunidad para decirle a su hermana que se largara.

Maylin dijo:

—Oye, mira. Sé que estás desanimada porque Clara se perdió tu llamada. Entiendo. Qué mala onda.

Flora se quedó mirando la computadora. No podía comenzar a llorar otra vez. No porque no quisiera, sino porque estaba 99.9 por ciento segura de que no le quedaban lágrimas.

Maylin dijo:

—Tengo algo de tiempo libre. ¿Qué te parece si te lavo el cabello y te hago trenzas?

Flora no sabía qué decir. Maylin no se había ofrecido a pasar tiempo con ella jamás.

—*Okey* —dijo Flora tentativamente.

Maylin trató a Flora como si fuese una cliente en el más refinado salón.

Encendió la bocina inalámbrica en el baño que compartían y cantó con las pistas de trap latino que vibraban por la habitación.

Maylin lavó y puso acondicionador en el pelo de Flora, dándole un masaje delicado mientras iba colocando los productos. Luego, cepilló el cabello, aplicando *serums* y otros productos que normalmente *nunca* permitiría que Flora tocase, mucho menos que los usase.

Luego, le colocó a Flora una máscara facial.

—Qué raro —dijo Flora, tocando el papel frío y medio viscoso que estaba pegado en su rostro.

—Mírate —dijo Maylin—. Dejando salir tu español.

Cuando Maylin terminó de trenzar su cabello, Flora sintió que se le salían las lágrimas otra vez, pero de buena manera. Su madre siempre decía que "las hermanas se cuidan entre sí".

Tal vez en realidad era cierto.

—Gracias, hermana —dijo Flora.

—No hay problema —dijo Maylin—. Debo hacer veinte horas de caridad para mi beca del Club Rotario. Aconsejar incompetentes desoladas y desesperanzadas

no estaba en la lista de actividades sugeridas, pero puede que funcione.

Le guiñó un ojo a Flora.

Entonces, Maylin se levantó y cuando estaba por salir de la habitación de Flora, dijo:

—De veras, chica. Tú y Clara son como uña y mugre. Si falta a un Zoom de vez en cuando, déjala. Nadie es perfecto. Ni ella, ni tú. Nadie.

Por primera vez en mucho tiempo, Flora estaba agradecida de que Maylin estuviese cerca.

CAPÍTULO 13

Reemplazada

Solamente le tomó a Clara tres semanas conocer a una chica que según ella tuvo una puntuación 3 de 5 en el BFFómetro. Su nombre era Avery y no sabía patinar, ni hablar otro idioma. Pero quería estudiar árabe algún día. Lo más importante,: el papá de Avery era chef y preparaba lo que parecía el más increíble emparedado de queso a la parrilla. Flora sacó su BFFómetro. Avery no parecía un 3 para ella.

Los padres de Flora no la dejaban tener Instagram, pero Clara tenía una cuenta y ahora un cincuenta por ciento de su historial consistía en fotos de elaborados emparedados de queso a la parrilla: delicioso y pegajoso queso cheddar, servido con guarnición de salsa marinara para mojar. Queso mascarpone a la parrilla, salsa de chocolate y rodajas de guineo. Incluso había un empare-dado de macarroncitos con queso dentro, que solamente era superado en el "me gusta" por un emparedado de macarroncitos con queso y una pequeña costilla dentro. Había días en los que Flora se preguntaba qué era lo que más envidiaba: a la nueva amiga de Clara o la comida que venía con ella.

Flora trataba de no sonar celosa en las llamadas con Clara.

—¿Y cómo está Avery? —preguntó fingiendo ser amistosa.

—¡Súper! —dijo Clara, claramente fingiendo no darse cuenta de la falsedad en el tono de voz de Flora—. Es divertido tener una amiga cuyo padre es un chef.

—Apuesto a que sí —murmuró Flora.

—Ay, Flora, no seas así —dijo Clara—. Deberías estar contenta por mí.

—¡Lo estoy! —dijo Flora, apenas sonriendo.

—Te conozco, Flora —dijo Clara—. Aún eres mi mejor amiga. Avery es mi amiga de California, solo eso. Entonces, ¿cómo te va, Flora? ¿Alguna contendiente?

Flora le dijo que no había ninguna. Solamente el almuerzo con Aidan y Aditya y una cantidad excesiva e irritante de conversaciones sobre pimientos escoceses.

A Flora le gustaba usar palabras rebuscadas como *excesiva e irritante*. Tenía fantasías de estar en un concurso de deletreo y ganar un premio gigante por deletrear correctamente todas las palabras que usaba para describir a Maylin. Imaginaba que luego la televisión local la entrevistaría en el noticiero, preguntándole cómo había adquirido un vocabulario tan sofisticado como fulminante, palabras que no estaban en los planes de estudio de quinto grado, a lo cual ella sonreiría y diría: "¿Ya conocieron a mi hermana?".

Clara cambió de golpe a su personalidad súper optimista y dijo:

—¡Ey, no tan rápido! Tal vez se nos escapó lo obvio. El BFFómetro no estaba programado para preguntar por el género. Tal vez los chicos pueden ser tus amigos reemplazo.

Flora se encogió de hombros. No creía que fuese así. Aidan y Aditya estaban bien para el almuerzo. Pero no se imaginaba invitándolos después de la escuela o confiándoles como la atormentaba Maylin.

—Ey, Flora, tal vez no les estás dando una oportunidad —dijo Clara.

Flora contestó:

—Uhmm. ¿Eso crees? En realidad, Aidan se durmió en clase de STEM cuando la señora Fessimier nos enseñaba JavaScript con ese programa genial llamado Code

Monster. Y Aditya anda en su patineta como un bebé en un trineo.

Clara estaba abriendo un paquete de *Twizzlers* de fresa durante la llamada. Siempre había sido una chica de comer tentempiés. Masticó y luego dijo:

—Ey, tal vez estaba cansado.

Flora sacudió su cabeza.

—No, le *pregunté* si estaba cansado y dijo que estaba aburrido. ¿Aburrido en clase de STEM? Digo, ¿en qué universo?

Clara contestó:

—Digo, me gusta Aidan, pero tienes un buen punto. No te des por vencida, Flora. ¡Y adivina qué, tengo buenas noticias!

Flora sonrió y preguntó:

—¿Te mudas otra vez a Rhode Island?

Clara contestó:

—No ese tipo de buenas noticias. Pero mi mamá dijo que tal vez me dejaría volver a Rhode Island para ir contigo a un campamento para dormir.

Flora sintió como si su corazón flotase como un globo y por un segundo pensó que todo su cuerpo podía levantarse ligeramente del suelo.

—¿El Campamento Hoover? —preguntó.

Nunca había estado en un campamento para dormir, pero había pasado una buena cantidad de su considerable tiempo libre mirando campamentos en línea. Si ella y Clara pudiesen ir juntas a un campamento para dormir, la vida sería buena otra vez, al menos por un tiempo.

Clara dijo:

—No sé cuál, pero mi mamá está hablando con tu mamá.

—Esas son muy buenas noticias —dijo Flora.

Hizo algunas matemáticas rápidas en su cabeza. Las vacaciones de verano estaban a solo sesenta y tres días, y aproximadamente doce horas. No necesitaba un BFFómetro. Clara volvería lo suficientemente pronto.

CAPÍTULO 14

Clase de baile

Cuando Clara se mudó, los padres de Flora decidieron que no querían que ella volviese a casa sola de la escuela. Así que, en su lugar, todos los días, después de la escuela, Flora iba a la tienda de su padre. No le molestaba.

Estaba orgullosa de la tienda de su padre. Solo tenía dos años y era un salto gigante de los años que pasó haciendo y vendiendo muebles desde el sótano.

Flora siempre se detenía en la puerta y sonreía cuando veía el letrero que decía:

HECHO A MANO:
MUEBLES DE DISEÑO CONTEMPORÁNEO

La tienda era un espacio grande y abierto con comedores, escritorios y libreros, todos hechos por su padre. Había una mesita hecha de múltiples bloques de madera que parecía el tablero de ajedrez más elegante que jamás habrías visto. Su padre vendió muchas de las estanterías para equipos de sonido. Eran un par de estantes de madera curva con un precioso roble color mantequilla. Y cuando los ponías juntos, parecían bocinas.

Pero la pieza favorita de Flora en toda la tienda era una mesita de café en forma de tabla de *surf*. Flora siempre luchaba contra la tentación de saltar sobre ella. Sabía que, si alguna vez lo hacía, se metería en un gran problema. Y aun así... esa idea le venía cada vez que visitaba la tienda. Lo divertido que sería subirse a la tabla de *surf* de madera y fingir que estaba montando las olas.

Besó a su padre en la mejilla y dejó su mochila en el escritorio junto al suyo.

—¡Hola, Flora! —dijo su padre—. ¿Cómo estuvo la escuela?

—Bien —dijo.

Pero quería decir tolerable. Lo que era la vida ahora que Clara se había mudado. Se preguntaba si debía ir a la biblioteca y tratar de encontrar más información sobre los piratas de Westerly, aquellos que había mencionado la señora Romano. O tal vez solo inventar ella misma historias en las que los vecinos hacían de saqueadores y ladrones con patas de palo y espadas. No se había divertido desde hacía mucho tiempo.

—Bueno, tu madre debe trabajar hasta tarde esta noche, tiene una cirugía importante. Así que iremos con Maylin al ensayo de su baile.

Maylin había estado un 2.5 por ciento más amable desde que Clara falló en el Zoom con Flora, pero aún era una total y completa quinceañera.

—Nooo —exclamó Flora—. ¿No me puedo quedar en casa sola?

Su padre sacudió la cabeza.

—Su ensayo dura una hora. La coreógrafa dijo que puedes quedarte en la parte de atrás y aprenderte los pasos. Te hará bien salir de casa.

—Yo salgo de casa —dijo Flora—. Voy a la escuela. Vengo aquí. Voy a clases de español.

—Después iremos por una pizza —dijo su padre—. Puedes elegir el sabor y Maylin no podrá quejarse.

El ensayo era en una sala del Centro Rec de Westerly que Flora nunca había visto. Las paredes eran negras. Una pared estaba cubierta con espejos de piso a techo. La otra pared tenía una barra de madera que Flora reconoció como una barra de *ballet*. Ella y Clara habían tomado exactamente *una* clase de *ballet* en segundo grado y, desde entonces declararon su odio por las medias, los tutús y todo lo rosado, así que sus madres dijeron que no tenían que volver.

Pero esta habitación era muy diferente. El suelo era de una hermosa madera de color chocolate y la iluminación era de piezas redondas como ruedas de carreta. La palabra que le vino a la mente a Flora era *glamoroso*. Como las películas de Audrey Hepburn que a su madre le gustaba ver. En la pared frente a los espejos había un letrero de neón que decía "Baila con el ❤".

A Flora le gustaba todo sobre este estudio de baile. No podía esperar a contárselo todo a Clara. Era mucho más genial que el lugar donde habían tomado *ballet*. Ese lugar parecía como si un unicornio hubiese vomitado destellos y confeti por todas partes.

La coreógrafa, Nina, era una estudiante universitaria genial con una camiseta cortada, pantaloncitos de talla grande y zapatillas.

Maylin estaba entre dos chicos panameños que Flora reconoció de fiestas en casa de sus tíos. A su derecha estaban dos amigos de Maylin, que sorprendentemente no estaban ensimismados mirando sus teléfonos por primera vez en sus vidas.

Flora pensó que Maylin se veía nerviosa.

Dijo:

—No puedo creer que la gente siga faltando a los ensayos. Quiero que este baile salga bien, como un buen video viral.

Nina, la coreógrafa, dijo:

—Está todo bien, Maylin. ¿Es tu hermana la que nos acompaña?

Maylin se volteó para darle un vistazo a Clara.

—Quédate allá atrás y fuera de mi camino —dijo en voz baja, pero como para que todos la escucharan.

La coreógrafa caminó hacia Flora y dijo:

—Hola, bienvenida a la fiesta. Solo haz lo que puedas.

Luego encendió la música, un ritmo de reguetón pegado. Se paró frente a la pared espejada y se dirigió al grupo. Entonces dijo:

—Empecemos. Y recuerden, estamos aquí para pasar un buen rato, no un rato largo. Solo diviértanse.

Flora observó cuidadosamente mientras Nina desglosaba cada movimiento:

—Paso a la izquierda, a la derecha, a la izquierda y cambia. Paso a la derecha, a la izquierda, a la derecha y cambia.

Le sorprendió la facilidad con la que le llegaron los movimientos. Cada vez que ella y Clara veían bailes en

TikTok, asumía que se lo estaban inventando a medida que avanzaban. Pero Nina le mostró que se trataba de dividirlo en pequeños pasos. Nina dijo:

—Primero las piernas. Luego añades los brazos. Entonces fluimos todos juntos.

Flora siguió bailando, orgullosa de lo bien que pudo seguir las instrucciones.

—Maylin —dijo Nina, señalando—. Tu hermanita es muy buena. ¿Estás segura de que no quieres que baile contigo en tu quince?

Maylin ni siquiera se volteó para mirar a Flora. Dijo:

—Tiene diez años. No voy a tener a una niña de la escuela primaria bailando en mi quince.

Nina se encogió de hombros.

—Es tu fiesta, mamita.

A Flora no le importó. Fue un placer estar en esa habitación genial, aprendiendo todos esos pasos. Sentía que era algo más que bailar. Se sentía como si estuviera volando.

Después de clase, Flora, Maylin y su padre recogieron una pizza: mitad aceituna, ya que esa era la favorita de su madre, y mitad salame, la favorita de Flora. Maylin se quejó, pero su padre no le prestó atención.

A Flora le había gustado mucho ir a la clase de Maylin. Había estado tan ocupada aprendiendo la coreografía que no había pensado en cuánto echaba de menos a Clara.

—Maylin, me gustó mucho tu clase de baile. ¿Estaría bien si viniera los miércoles por la noche?

—Bien —suspiró Maylin—. Pero quédate atrás. Vista, pero no escuchada.

El papá sonrió.

—Me encanta. Mis hijas haciendo algo juntas por una vez.

Más tarde esa noche, mientras se cepillaba los dientes, Flora podía escuchar a Maylin por teléfono.

—Sí, Frankie. Ella vendrá a clase los miércoles. Ves cómo me mira. Ella me idolatra. ¿Qué puedo decir? Soy su heroína.

Flora casi escupe la pasta de dientes por todo el lavamanos del baño. Era lo más divertido que había oído. Tal vez nunca. No podía esperar hasta su próxima llamada con Clara para decirle lo que dijo Maylin. Esto era demasiado jugoso para un mensaje de texto. ¿Maylin? ¿Su heroína? Fue tan gracioso que Flora casi se rio hasta quedarse dormida.

CAPÍTULO 15

Cállate, niña

El siguiente lunes, los padres de Flora le permitieron a ella y a Maylin quedarse hasta tarde para ver los debates presidenciales. A medida que los candidatos se reunían en el escenario, Flora le preguntó a su padre quiénes eran y los temas que iban a discutir en el debate.

Maylin pasó todo el tiempo mirando su teléfono, probando peinados con algunas *apps* estúpidas. Una cosa hubiese sido que se sentase en silencio en el otro extremo de la sección, tomando *selfies* y subiéndolos.

Pero se la pasó hablando sin parar, a toda voz, a nadie en particular.

—La cosa es ... —dijo Maylin, hablando *por encima* de los candidatos.

Flora dijo:

—Vamos, Maylin, estoy tratando de escuchar.

Pero Maylin la ignoró.

Maylin siguió:

—Siempre me imaginé con flequillo y moño para mi quince, pero siento que, dentro de veinte años, cuando mire esas fotos, será una decisión que lamentaré. Puede que me pregunte: *Maylin, chica, ¿qué parte del peinado clásico no entendiste?*

Maylin parecía creer que su fiesta de quince años era una celebración nacional, pero Flora sabía que había muchas cosas importantes sucediendo en el mundo.

Flora le tiró una almohada.

—¿Puedes por favor bajarle? Están hablando de inmigración y control fronterizo, cosas que realmente importan.

Maylin le tiró la almohada de vuelta a Flora.

—¡*Esto importa*. ¡Aún a los quince, debes poder apreciar el estilo clásico!

Flora torció los ojos.

—Ni siquiera tienes quince aún.

Sus padres estaban tan absortos en el debate que no parecían darse cuenta cómo estaba molestando Maylin. Flora pensó: *Si fuera yo, todos estarían diciendo cállate, niña.* A veces parecía que la voz de Maylin tenía ese sonido que solamente los perros podían oír. Excepto en este caso, que Flora era el perro al que estaba volviendo loca.

—Las extensiones de cabello eran otro dilema en sí mismo —refunfuñó Maylin—. Los estilistas de famosos creen ciegamente en ellas. No son caras y se ven muy bien en fotos. Solo creo que si estoy sudando en la pista de baile y una pieza de cabello con clip sale volando por el salón, me horrorizaré. Peor aún, ¿qué pasa si alguien hace un video, lo sube a YouTube y se hace viral?

—Ay, mi Dios, ¡cállate! —gritó Flora.

Esto hizo que los padres de Flora se voltearan.

—Flora la Fresca, no —dijo su madre—, no seas tan americana.

No seas tan americana. Como si todo lo que la diferenciase de su hermana mayor tuviese que ver con el lugar donde nacieron o lo bien que hablaban español.

Flora quería decir: "En realidad soy más amable que Maylin". Si más amable quería decir más panameña, entonces Flora ganaría.

Flora quería decir: "Vamos, cállenla a ella, no a mí", pero era como si Maylin les hubiese hechizado y no pudiesen escuchar el incesante parloteo. Flora pensaba desde hacía tiempo que Maylin era un poco bruja, o parte hechicera. Pero nunca había sido la evidencia tan innegable.

Maylin, aún hablando por encima de los candidatos, dijo:

—Siempre he querido tener un video viral. Pero tú sabes, quieres que tu video sea sobre algo positivo, no negativo. Uhmm, ¿qué podría hacer para tener un video viral?

En la tele, una candidata estaba hablando sobre el cambio climático. Flora había escrito un ensayo sobre el tema en cuarto grado y quedó en segundo lugar en un concurso estatal.

—Vamos, Maylin, solo déjame escuchar lo que ella tiene que decir.

Maylin no le contestó directamente a Flora. Solo sacudió la cabeza de forma distraída.

—Es imperativo que continuemos con nuestra posición como líder internacional en cambio climático y lo combatamos —dijo la candidata.

Maylin, ajena al hecho de qué todas las tormentas que habían golpeado a Rhode Island podían tener algo que ver con el cambio climático, dijo:

—¿Sabes qué estaba pensando? Podría llover, lo que convertiría al patio de mi quince en un desastre.

—¿Cuál es el peor escenario sobre el cambio climático? —continuó la candidata, mirando sinceramente a la cámara—. No tenemos que usar nuestra imaginación. Ya estamos viendo pistas: calores extremos, los niveles del mar subiendo. Y los más vulnerables entre nosotros sufrirán lo peor.

Maylin dijo por teléfono:

—¿Tal vez mi quince no debería ser sobre mí? Tal vez sea sobre todos los niños que no tienen dinero para un quince, los que están sufriendo más. Podría hacer la fiesta en un hospital infantil. Podríamos llevar toda la comida y la música allí, ya sabes, para animarlos. Entonces el video viral podría ser sobre mí, vestida de quince, bailando con un niño muy enfermo vestido con ropa de hospital. Compartiendo mi brillo de la forma que lo hago siempre.

Flora miró a sus padres, sentados juntos en el sofá.

—¿Están escuchando esa locura?

Su madre exclamó:

—¿Qué? Los candidatos tienen muy buenos puntos.

Maylin la miró agudamente y dijo:

—¿Tienes algo que decir?

—¿La escucharon decir que quiere hacer su quince en un hospital infantil?

—Muy amable de tu parte haberlo pensado, niña —dijo su madre.

—Es una dulce idea —dijo el papá de Flora—. Pero el abono que le dimos a la empresa de toldas no es reembolsable. Haremos el quince aquí.

Flora murmuró para sí misma *Olvida la idea. ¿Qué tal el hecho de que tu idea es ridiculosa y detestable*?

No podía esperar contarle a Clara sobre la idea de Maylin de hacer su quince en un hospital de niños. Era, posiblemente, la más terrible, horrible, no buena, muy mal ejemplo de "hacerlo para el Instagram".

Miró el reloj. Eran las diez de la noche. La alegría de quedarse despierta hasta tarde fue allanada por completo al tener que escuchar la charla sin sentido de Maylin.

—Es tarde. Voy a dormir —dijo Flora.

Besó a su madre en la mejilla.

—Duerme bien, querida —dijo su mamá.

Su padre abrió los brazos para abrazarla.

—¿Lo peor de la noche no fue Maylin? —susurró.

—Ella es una adolescente y el quince es un tema. No es tan mala, chica.

No podía ser que sus padres pensaran que Maylin era perfecta y no podía equivocarse. Tal vez, solo tal vez, su padre habría sido reemplazado por un robot. Eso era lo único que tenía sentido.

Hizo una nota para explorar más a fondo, después del mediodía del sábado. Inevitablemente, entre los partidos de fútbol de la mañana y la tarde, su padre se quedaba dormido en el sofá para una buena siesta de treinta minutos. Cuando estaba dormido, nada podía despertarlo. Flora lo examinaría entonces en busca de signos de cableado de robot.

CAPÍTULO 16

¿Bléiser? ¡Novedades!

Era abril y Clara tenía cuatro largos y miserables meses de haberse ido cuando una nueva niña llegó a la clase de Flora. Su nombre era Zaire Khal. Se había mudado a su pueblo desde París. Flora no podía esperar a contarle a Clara que una genuina niña francesa había llegado a la escuela.

La segunda cosa que Flora notó fue que ella, la nueva chica, parecía más una adulta que una niña. Era tan alta como su maestra, la señora Romano.

Lo siguiente que Flora notó fue que su cabello había sido peinado con secador esa mañana. Flora lo sabía porque una vez al mes Maylin se secaba el cabello en el centro comercial. Zaire Khal tenía esas mismas ondas del comercial de champú.

Cuando la señora Romano la llamó al frente de la clase, parecía como si la siguiese una máquina de viento. Llevaba unos jeans, una camisa blanca y un bléiser azul marino con pequeños botones dorados. Flora puso los ojos en blanco. *¿Quién usa bléisers?, pensó. ¿En quinto grado?*

Entonces, miró los zapatos de Zaidee Khal. Llevaba zapatillas de ballet con diseño de leopardo. Flora no podía creer los niveles de sofisticación de esta niña. Estaba dispuesta a apostar el billete de veinte dólares que su abuela le había enviado para su cumpleaños a que Zaidee Khal le tomaría solo veinticuatro horas convertirse en una Lucy.

A la hora de almuerzo, la señora Romano le pidió a Flora que le enseñara a Zaidee el camino a la cafetería. Flora sabía que no debía gruñir o hacer caras. En vez de eso, hizo lo que se había enseñado a sí misma: sonrió ampliamente y luego hizo un largo gruñido, como de un oso saqueando un bote de basura para comer, en la parte posterior de su garganta. Solamente ella podía escucharlo, pero eso la hacía feliz, lo que la hizo sonreír aún más. Era un truco bastante bueno.

Mientras las dos niñas caminaban por el pasillo, Flora trató de mostrarle cosas interesantes a Zaidee.

—Ese es el gimnasio. La señora Behar es la maestra de gimnasia. Ella es súper linda.

Zaidee solo asintió, como una adulta leyendo correos electrónicos en su teléfono cuando intentas contarle una historia realmente buena. Flora pensó: *A esta chica no puede importarle menos*.

Aun así, ella era la nueva chica y Flora estaba encargada de enseñarle las cosas. Le mostró con orgullo la cafetería: la línea del almuerzo caliente; el pequeño mostrador de la cafetería que vendía de todo, desde emparedados de atún hasta bolas de arroz japonesas y la máquina expendedora que vendía de todo, desde agua con gas hasta sodas, pasando por las bebidas azul eléctrico y rojo fuego.

—Traje mi almuerzo —dijo Zaidee, dándole una mirada de asco a la máquina expendedora.

—Genial —dijo Flora, tratando de no sentirse ofendida.

Flora llevó a Zaidee al área de almuerzo y la dejó en la mesa de las Lucy. Se las presentó con sus nombres de verdad, por supuesto. Dijo:

—Palmer, Sasha 1 y Sasha 2, esta es Zaidee. Es nueva aquí. Sean amables.

Zaidee se sentó, cruzando sus piernas extrañamente largas alrededor de lo que parecía un banco de muñecas en proporción a su altura de adulta.

Flora se estaba yendo cuando escucho a Zaidee decir algo raro. Dijo:

—¿No te vas a quedar a comer con nosotras?

Flora sacudió su cabeza y señaló una mesa al lado opuesto del salón.

—Voy a sentarme con esos dos.

Había señalado a Aidan y Aditya. Los chicos estaban tratando de ver cuál podía comer más perros calientes a la mayor velocidad. Esto era algo, como se pueden imaginar, no muy placentero de ver. Pero ellos habían visto a un competidor japonés bajar cincuenta y ocho perros calientes en diez minutos y, desde entonces, habían estado obsesionados con batir el récord.

—¿Quiénes son esos chicos? —preguntó Zaire, al parecer genuinamente curiosa.

—No quieres saberlo —dijo una de las Lucy, despectivamente.

Zaidee miró a los dos chicos, con sus mejillas aparentemente llenas a reventar de perros calientes, y dijo con una voz súper lenta:

—*Okeeeeey*.

Mientras Flora se alejaba, se sintió un poquito mal. ¿Acaso la chica bléiser quería realmente ser su amiga?

Flora se sentó a la mesa con los dos chicos y sacó un libro junto con su emparedado.

—Ey, ¿piensas leer un libro todo el rato? —dijo Aditya, pareciendo ofendido.

Flora no levantó la vista de su libro. Solamente dijo:

—Sí.

—Vamos —dijo Aditya—. Háblanos.

Flora levantó la vista.

—Es un libro muy bueno

Siendo perfectamente honesta, era su tercera vez leyendo *El libro del cementerio*, pero lo bueno era que cada vez que lo leía, daba un poquito menos miedo.

—Ey, Flora, sabemos que extrañas a Clara —dijo Aidan.

—Pero no somos hígado picado.

—Igual, ¿cómo se hace el hígado picado? —preguntó Aidan.

Flora estaba impresionada de cómo cualquier mención de comida lo distraía.

—No lo sé. Se tú el picador, yo seré el hígado —dijo Aditya, recostando su cabeza en la mesa mientras Aidan daba golpes de karate en su espalda.

—Ahora es mi turno —dijo Aditya—. Me toca ser el picador.

Flora sacó su teléfono y lo sostuvo bajo la mesa. Se suponía que no podían usar aparatos durante la escuela, pero no podía esperar.

—Querida Clara —escribió—. Te extraño mucho. No tienes idea.

CAPÍTULO 17

Soda o no soda, esa es la cuestión

La semana siguiente, la señora Romano anunció que la clase del 5B pasaría el próximo mes aprendiendo las técnicas de debate. Cada semana, ella presentaría una resolución y entonces dos estudiantes debatirán el tema. La directora de la escuela juzgaría el mérito y la eficacia del argumento de quien debatía.

—El primer tema serán las máquinas expendedoras en las escuelas, algo que ha despertado mucho interés por aquí las últimas semanas —comenzó la señora Romano—. Flora LeFevre liderará el equipo a favor.

Flora se sintió nerviosa y emocionada. Había estado mirando los debates presidenciales con sus padres desde que era una niña. Sus padres nunca se perdían un debate importante. Miraban desde el principio hasta el final, escuchando cuidadosamente cómo los candidatos discutían desde educación hasta cambio climático y hasta política exterior. A sus padres les disgustaba especialmente cuando los candidatos se ponían torpes. No les gustaba cuando los candidatos eran irrespetuosos entre sí con frases como "Ya vas" o "¿Acaso sabes de lo que estás hablando?".

La señora Romano dijo entonces:

—Me gustaría que el miembro más reciente de nuestra clase, Zaidee Khal, liderase el equipo en contra.

Continuó explicando que el procedimiento comenzaría con el equipo a favor, que tendría diez minutos para explicar por qué la escuela debería quedarse con las máquinas de soda.

La señora Romano dio una vuelta por la sala y asignó a los equipos sin tener en cuenta si tenían sentido. Puso a Harper en el equipo de Zaidee, junto con una de las Lucy, Palmer Gilroy.

Flora miró a Aidan, quien se señaló a sí mismo. Luego señaló a Flora y luego levantó los puños como si estuviese a punto de entrar en un cuadrilátero de boxeo.

—Flora —dijo la señora Romano—, lo que tú y tu equipo necesitan hacer es mostrarnos las fortalezas de sus argumentos.

Caminó alrededor del aula y entonces comenzó a cantar:

—Deben *acentuar lo positivo*... y *eliminar* lo negativo.

Flora nunca había oído esa canción antes, pero estaba impresionada. La señora Romano tenía *realmente* una buena voz. *Debería ir a uno de esos programas de la tele donde hacen concursos de canto y llevarnos como su equipo de aplausos especial de estudio*, pensó Flora.

La señora Romano continuó:

—La jueza, nuestra estimada directora, Jen Sargent, espera de ustedes que nos digan por qué quedarnos con las máquinas de sodas es algo bueno para la escuela. En un debate, los puntos positivos se llaman "ventajas". Luego, espera que ustedes digan a qué nos atenemos si retiramos las máquinas, esos se llaman "daños".

Flora levantó la mano.

—Sé que usted es una maestra y todo eso, pero ¿cómo sabe tanto sobre debate?

La señora Romano sonrió y entonces pareció algo tímida.

—Una pregunta muy perspicaz, Flora. Puede que haya sido campeona de debate por dos años consecutivos en la secundaria… *Okey*, estoy siendo modesta. Lo fui.

La clase hizo un zumbido. Las máquinas de soda eran un tema importante y la mayoría de los chicos no querían que las quitasen. Más aún, parecía claro que la actividad del debate era solamente una forma elegante de decir "Hagan la pelea (en grande) y les daremos una calificación por eso". Lo cual a nadie le molestaba.

Aidan levantó la mano y la señora Romano lo llamó.

—Si usted fue dos veces campeona del club de debate, entonces ¿por qué se convirtió en maestra? Mi mamá dice que si puedes discutir, puedes hacer mucho dinero como abogado.

La señora Romano parecía un poco perdida. Todo el mundo sabía que a los maestros no se les pagaba ni de cerca lo que merecían. Flora pensó: *Deja que Aidan trate de ponerle un precio. Es taaan competitivo*. Deseaba que hubiese un plato de perritos calientes por ahí para distraerlo.

Pero la señora Romano se recuperó de inmediato.

—Aidan, es absolutamente cierto que puedes usar el debate en cualquier cantidad de profesiones. Nuestro punto de hoy y de este mes es cómo el debate nos puede ayudar a aumentar nuestro pensamiento crítico. Ahora veamos qué es lo que esperamos del equipo contrario.

Flora miró a Zaidee e inmediatamente se intimidó por su cuaderno, que estaba, incluso después de solo unos días, lleno de notas de perfecta caligrafía. El cuaderno de Flora tenía tantos dibujos como notas. En ese momento estaba dibujando una caricatura sobre una batalla ninja entre un ejército de tacos y un batallón de sushi.

Pensó que, si ella hubiese sido la chica nueva en la escuela, como Zaidee, hubiese estado nerviosa de liderar un equipo de debate. Pero Zaidee no parecía nerviosa en lo absoluto. Flora se percató de que ella estaba sentada perfectamente derecha en su silla. Ella no se inclinaba o recostaba sobre el pupitre como la mayoría de los chicos.

A Flora le gustaba encorvarse. De hecho, pensaba que, si hubiese una competencia olímpica de encorvarse, ella lograría una medalla de oro. Pensó en los domingos de vinilo en los que ella y su papá escuchaban discos juntos y de como algunos de sus cantantes favoritos, como Gwen Stefani o Shirley Manson hacían que encorvarse se viera de estilo y genial.

Su equipo estaba formado por Niklas, que estaba obsesionado con el baloncesto y pasaba cada segundo del recreo y Educación Física practicando jugadas de la NBA. Estaba bien, Flora podía trabajar con eso. Niklas estaba súper enfocado y tenía buenas calificaciones. Flora sabía que podía contar con que él no iba a interrumpir el debate con bromas estúpidas o ruidos locos de pedos. La otra integrante de su equipo era Daisy, que era casi una genia.

Tenía un promedio de 4.7, pues no solo sacaba A en todo, sino que superaba las preguntas de bonificación en todos los exámenes. Flora solo esperaba que Daisy, que rara vez hablaba por encima del susurro, pudiera levantar su voz en el debate real.

La señora Romano explicó que el equipo contrario presentaría luego los argumentos que se oponían a la resolución. Los segundos oradores presentarían argumentos a favor y en contra. Luego habría un pequeño receso, mientras ambos equipos se preparaban para rebatir por cinco minutos.

Aditya empezó a reírse y levantó la mano.

Flora sabía qué iba a decir incluso antes de que abriese su boca.

—Sí, Aditya —dijo la señora Romano.

—La palabra *rebatir* tiene adentro la palabra batir —dijo.

La mayoría de los chicos empezó a reírse y el resto esperó pacientemente a que se calmaran. Cuando la señora Romano vio que no lo hacían, dijo:

—¡*Okey*, suficiente! Cálmense. Ni siquiera es gracioso.

Luego, la señora Romano explicó que la competencia terminaría con los argumentos de cierre y que la señorita Sargent elegiría al equipo ganador.

—¿Qué gana el equipo ganador? —preguntó Palmer.

Qué cantidad de Lucys, pensó Flora.

La señorita Romano explicó que el equipo ganador obtendría tarjetas de regalo para la librería y que al final del ciclo de debates, cuando todos los estudiantes hubiesen competido, la clase entera obtendría una fiesta de pizza para celebrar su arduo trabajo.

Aidan levantó la mano.

Flora sabía incluso antes de que él preguntase que su pregunta sería sobre comida. Él y Aditya hablaban de comida todo el tiempo.

Aidan preguntó:

—¿Habrá soda en la fiesta de pizza?

La señora Romano sonrió.

—Depende de qué parte presente el argumento ganador.

CAPÍTULO 18

No somos amigas

Ese día, cuando la campana de la escuela sonó, Zaidee corrió para alcanzar a Flora y le dijo:

—Ey, ¿quieres que nos encontremos para trabajar en el proyecto del debate?

Flora se preguntó qué clase de plan maligno estaba inventando la nueva chica.

—¿Recuerdas que estamos en lados contrarios? —le dijo Flora.

—Lo sé, pero estuve en el club de debate en mi antigua escuela en Francia y en realidad es divertido si nos encontramos y hablamos antes, aun cuando nos separemos cada una por su lado.

Flora no lo entendía.

—Entonces sabrás todas mis ideas y podrás rebatir de manera que me hagas batido.

Zaidee dijo:

—En realidad nos ayudará a prepararnos para tener argumentos más fuertes si probamos nuestras ideas antes del debate. Podemos encontrarnos en el almuerzo mañana y ver algunos videos de debates clásicos de secundaria.

Flora sacudió su cabeza.

—No podemos usar aparatos en la escuela... Pero le puedo preguntar a la señora Romano si podemos usar un iPad y almorzar en el aula mañana.

Zaidee se veía complacida.

—Suena como un plan, Stan.

Flora quiso decirle que nadie usaba esa expresión desde segundo grado, pero le pareció malvado e innecesario.

Al día siguiente, a la hora del almuerzo, se quedaron en clase y Flora abrió el iPad, que la señora Romano pudo abrir en una pantalla grande que cubría el tablero.

—Estoy tan contenta de que ustedes se estén tomando en serio sus roles de líderes de los primeros equipos —dijo la señora Romano—. Voy a salir, pero volveré al final del periodo.

Flora sacó su almuerzo habitual del lunes: sobras de ropa vieja y arroz con frijoles.

Zaidee miró el almuerzo de Flora de mala manera.

—¿Qué? —dijo Flora—. Es carne y arroz con frijoles.

Luego añadió:

—Es un platillo latino.

—Sé lo que es ropa vieja —dijo Zaidee. Su acento español era, como todo en ella, perfecto.

Flora se sintió impaciente, molesta.

—¿Cómo te lo vas a comer frío? —dijo Zaidee, mirando alrededor—. ¿No hay un microondas aquí?

Era la primera cosa no-Lucy que decía en todo el día. Aun cuando Flora detestaba estar de acuerdo con ella, la nueva chica tenía razón.

Era cierto que la ropa vieja a temperatura ambiente no era lo más delicioso del mundo. Pero Flora tenía este truco mental Jedi en el que, antes de tomar un bocado, se imaginaba su cena del domingo con toda su familia alrededor de la mesa del comedor. Ella imaginaba cómo olía la ropa vieja chisporroteando en la estufa y lo bien que se veía en la mesa, con el vapor salía de ella. Luego cerró los ojos y dio un mordisco. Si se quedaba callada y tranquila, casi podía imaginar la comida caliente mientras la estaba comiendo.

No había necesidad de decir que esto no era algo que Flora iba a compartir con la *Madmoiselle adulta atrapada en el cuerpo de una niña de quinto*. En cambio, Flora solamente dijo:

—No está tan mal.

Zaidee tenía una ensalada de aspecto elegante en una vasija blanca con tapa de vidrio.

—¿Qué es eso? —preguntó Flora.

—*Salade composeé* —dijo. Su acento francés era perfecto. Era irritante cuán perfecta era Zaidee—. Es una ensalada compuesta.

Era el turno de Flora de actuar altiva.

—Entendí que *salade* quería decir *ensalada* —dijo Flora.

Zaidee levantó una ceja. Una ceja perfectamente punteada, como dos pulgadas por encima de su globo ocular. ¿Qué niña sabe cómo hacer eso?

—Ay, ¿en serio? —dijo. Entonces dijo rápidamente algo en un francés que sonó extraordinariamente arrogante.

Cuando Flora llegó a casa, le mandó un correo a Clara:

Querida Clara:

Ha habido una invasión en nuestra ciudad, de robots altos, de aspecto perfecto. Es como si los maniquíes de una tienda por departamentos de habla francesa hubiesen cobrado vida e invadido el quinto grado. Solo he conocido a su líder, pero es aterradora y el ejército que seguramente la sigue, será el fin de la vida en Westerly tal y como la conocemos. Mi única felicidad es que, al mudarte, escapaste hábilmente de sus garras. No sé cuántos de nosotros sobrevivamos.

Okey, es una exageración. Hay una chica nueva en la escuela. Es todo un personaje. Llámame cuando puedas.

Tu amiga para siempre,

Flora

CAPÍTULO 19

El gran debate

A la mañana siguiente, cuando Flora se despertó, había un correo de Clara. Era lo no-terrible de la diferencia horaria entre Westerly y San Francisco. Si Flora le escribía a Clara por la noche, podía contar con un correo al despertar. Era como comenzar el día con un regalo.

¡Hola y Holla!

Quedé horrorizada al escuchar que nuestro pueblo había sido invadido por robots o una chica nueva, demasiado alta, demasiado perfecta, en la escuela. Una pregunta: ¿Hay alguna posibilidad de que puedas reprogramarla? Si aprendí algo de Star Wars, es que un droide sensible puede ser muy útil.

Que la fuerza te acompañe, Flora la Fresca.

Tu mejor amiga,

Clara

Esa mañana, Flora se vistió con una camisa blanca, una corbata lacito gris que le pidió prestada a su padre y una falda plisada que no había usado desde que su madre la hizo vestirse para la cena del Día de Reyes de su familia. La falda picaba más de lo que recordaba, pero le gustó lo que vio en el espejo. Estaba lista para ganarle a la señorita Bléisers.

Zaidee se vistió como si todos los días fueran un club de debate. Ese día en particular, llevaba una camisa azul claro, una chaqueta azul oscuro y pantalones capri de color blanco. En lugar de sus zapatillas de ballet habituales, llevaba zapatos con un pequeño tacón.

Dios mío, pensó Flora. *¿Qué clase de niña de quinto usa tacones?*

La directora de la escuela, la señorita Sargent, saludó a la clase, tomó asiento en la parte de atrás del salón y abrió su libreta. Flora podía sentir el sudor. La libreta era para decidir el puntaje. Los puntos decidirían si ella y su equipo ganaban o perdían. Flora quería ganar tanto, que se sintió un poco mareada.

Había perdido a su mejor amiga en California y con una chica llamada Avery, con la que ahora comía todo tipo de comidas deliciosas. Sus padres pensaban que su hermana caminaba sobre el agua. En un año que resultó ser terrible y horrible, Flora necesitaba una victoria y pensó que tal vez, solo tal vez, este debate podría ser esa victoria. Levantó la mano y le preguntó a su profesora si podía ir a la fuente de agua antes de que empezaran. La señora Romano dijo que estaba bien. Entonces Zaidee levantó la mano y dijo que también quería ir a la fuente de agua. Dios mío.

En la fuente, después de que ambas tomaran más de un sorbo, Zaidee dijo:

—Arg... Mi boca está tan seca. Creo que estoy un poquito nerviosa.

Era una afirmación sorprendente, porque no se veía nerviosa. Al menos eso pensaba Flora.

—¿Por qué estarías nerviosa? —preguntó Flora—. Has debatido antes.

Flora no dijo lo que estaba pensando: que Zaidee iba a derribar el argumento con el que iba a rebatir.

—Desde que nos mudamos a los *States*, he estado consciente de mi acento —dijo Zaidee.

Esto también le parecía loco. A todo el mundo le gustaba el acento francés. Al menos eso pensaba Flora. Zaidee continuó:

—En Europa, en América Latina, en África, hay muchos tipos de acentos distintos y, como siempre voy a escuelas internacionales, todos los chicos suenan diferente. Aquí todo suena bastante parecido. Es ese acento norteamericano que escuchas en todos los programas de televisión y en las películas. O lo tienes o no. Yo definitivamente no lo tengo.

La señora Romano sacó su cabeza del aula.

—¡Chicas! Las estamos esperando para comenzar.

Mientras Flora regresaba al aula, las palabras de Zaidee giraban dentro de su cabeza. Ella nunca pensó que su acento norteamericano fuera algo especial. En casa, todo el mundo tenía acento panameño y ella definitivamente no tenía eso. Se preguntó si esa no era solo la forma en que eran las cosas: siempre estabas dentro de algunas cosas y fuera de otras.

Flora comenzó porque el lado que estaba a favor siempre iba primero. Se puso de pie y dijo:

—A nuestro equipo le gustaría comenzar diciendo que las máquinas expendedoras que se están abordando en este debate están mal etiquetadas. Esas máquinas ofrecen bebidas con cafeína, pero también venden bebidas energéticas y agua con gas. Me gustaría afirmar que el asunto más destacado no son las opiniones de uno sobre una bebida en particular, el tema sobre la mesa es la libertad de elección y como la restricción de esas libertades va en contra de todo lo que se nos enseña sobre vivir en una democracia.

La señora Romano asintió y entonces Zaidee se levantó, recordándole a Flora lo alta que era. Flora suspiró. Su altura hacía que de alguna forma todo lo que decía sonara más adulto.

Zaidee argumentó:

—Las sodas no son mejores que los cigarros. La salud es el asunto en cuestión. Tanto beber sodas como fumar cigarrillos comparten varios resultados sorprendentes, incluyendo el aumento de peso, las enfermedades cardíacas y la diabetes. El Centro para el Control de las Enfermedades informa en sus estudios más recientes que más de treinta y siete millones de personas en los Estados Unidos tienen diabetes en este momento. Eso es casi uno de cada diez en la población.

Zaidee estaba usando estadísticas. Flora y su equipo no habían investigado estadísticas. Flora se sintió muy nerviosa.

Flora juntó a su equipo y le susurró a Niklas:

—Después que presentes tu punto, le preguntaré si tiene estadísticas de edad de la diabetes. Me imagino que es sobre adultos, no sobre niños.

Daisy asintió en gesto de aprobación.

—Buena idea, Flora.

Flora resplandecía. Incluso si perdían, ella había recibido halagos de la chica más inteligente de la escuela.

Niklas se levantó y dijo:

—A nuestro equipo le gustaría señalar que la leche con chocolate, que la escuela ofrece gratuitamente a todos los estudiantes, tiene un montón de azúcar. Una taza de leche con chocolate baja en grasa tiene veinticinco gramos de azúcar. Un vaso de soda tiene, en promedio, veintiséis gramos de azúcar. Lo importante no es lo que se sirve, sino educar a los niños sobre cómo tomar decisiones saludables. Mi mamá es nutricionista y ella dice que hay muy pocas malas comidas, pero hay muchas malas decisiones. Yo solamente tomo soda cuando voy al cine. Las máquinas expendedoras no van a tu cartera y toman tu dinero. Las máquinas expendedoras no echan la soda en tu garganta. Ofrecen una opción.

Aditya se levantó, aclaró su garganta y dijo:

—Damas y caballeros del jurado...

Un montón de chicos, incluyendo a Flora, se rieron. Pero la señora Romano dijo amablemente:

—No es un juicio, Aditya.

Aditya sonrió y dijo:

—Por supuesto que no. Es un debate y vamos a ello. Las máquinas expendedoras no solo son malas para tu salud. Destacan la desigualdad económica entre los estudiantes. Algunos niños tienen mucho dinero para gastar en las máquinas expendedoras, pero algunos pueden querer una soda y no tienen mesada, no tienen ningún tipo de dinero. Nos gustaría argumentar que las meriendas traídas de casa no solo tienden a representar opciones más saludables, sino que también lo hacen más cómodo para los niños que no tienen dinero para gastar en meriendas costosas de las máquinas expendedoras.

Flora pensó que tenía un buen punto.

Flora miró su reloj y dijo:

—Me quedan noventa segundos. Me gustaría preguntarle algo al equipo que está en contra.

La señora Romano se fijó en el cronómetro en su escritorio.

—Es correcto. Te quedan noventa segundos. Adelante.

Flora preguntó:

—Nos gustaría preguntar al equipo en contra cuáles son las edades de las personas con diabetes que mencionaron en sus argumentos iniciales.

Palmer fue la siguiente. Dijo:

—Aproximadamente doscientos mil niños menores de dieciocho años.

Daisy silbó. Era buena silbando.

—Eso es un montón.

Niklas fue el último orador del equipo de Flora. Hizo como si tuviese el balón hasta llegar al frente del salón y entonces imitó un encestar antes de comenzar su comentario. Algunos chicos aplaudieron y celebraron.

—Las máquinas expendedoras de la escuela proporcionan un importante ingreso para la Asociación de Padres y Maestros. Los fondos se utilizan principalmente para apoyar programas extraescolares en deportes y artes. Creemos que los niños no compran más sodas porque se venden en las escuelas. Los niños a los que les encanta la soda, las traerán de casa o las comprarán de camino a la escuela. Entonces, ¿por qué no permitir que los estudiantes apoyen a su escuela mientras beben la bebida de su elección?

Entonces llegó el momento de que Palmer se levantara y diera los últimos comentarios en contra.

—Muchos niños en nuestra escuela tienen T.D.A.H., trastorno por déficit de atención con hiperactividad.

Luego miró alrededor del aula y dijo:

—Algunos de ustedes son híper locos. Ustedes saben quiénes son.

La señora Romano la interrumpió y dijo:

—Palmer, no.

Palmer se veía complacida, como si la señora Romano la hubiese felicitado y no increpado. Dijo:

—La soda es azucarada y hace que sea difícil para los niños concentrarse y prestar atención. Sabemos que es malo para nosotros. Deberíamos hacerlo mejor.

Flora no sabía cómo iba a salir este debate. Ella no quería fingir que beber soda era saludable. Pero pensó que se trataba de decisiones, ingresos para las escuelas y no iba a mentir, realmente, *realmente* quería ganar.

Su maestra se levantó.

—Flora, es tu turno para el argumento de cierre.

Flora se levantó y le hizo a su equipo una señal de pulgar arriba.

La voz de Flora temblaba un poco, pero respiró hondo y leyó sus comentarios finales:

—En conclusión, nos gustaría afirmar que creemos que las máquinas expendedoras son más positivas que negativas cuando se trata del bienestar de nuestros estudiantes. Creemos que, en última instancia, se trata de elegir. No se puede subestimar el bien que hacen los ingresos de las máquinas expendedoras. Ahora, cuando vuelas un avión, hay un impuesto a las emisiones de carbono que te permite reducir tu huella en el medio ambiente. Nos gustaría sugerir que, para ayudar a financiar programas de arte y deporte, las máquinas disminuyan su huella negativa contribuyendo, en valor, a nuestro bienestar físico y emocional.

Las manos de Flora temblaban al final, pero Daisy comenzó a aplaudir una vez que puso sus tarjetas con apuntes en la mesa. Otros estudiantes se unieron rápidamente.

Zaidee se puso de pie y dijo:

—Nos gustaría comenzar por felicitar al equipo a favor por su argumento persuasivo. Sin embargo, creemos que no hay término medio cuando se trata de nuestra salud y nuestro futuro. Las sodas son dañinas y adictivas. Lo mejor es que la escuela quite el acceso a ellas en todos los frentes.

Las Lucy comenzaron a aplaudir a Zaidee. Flora y el resto de los estudiantes se unieron cortésmente.

—No puedo estar más feliz con este primer debate —dijo la señora Romano—. Ambos equipos han presentado argumentos considerados, que invitan a la reflexión. Permítanme confirmar con la señorita Sargent su opinión sobre qué equipo presentó el argumento más fuerte.

Las dos mujeres salieron del aula durante lo que parecía un periodo de tiempo interminable.

—En realidad, no quiero perder —murmuró Flora.

Niklas asintió.

—Perder es lo peor.

Daisy dijo:

—No me preocupa, lo logramos.

La maestra y la directora regresaron al aula y la señorita Sargent se dirigió a la clase.

—Esto fue difícil —dijo—. Estuve tentada a declarar esto un empate, porque ambos equipos realmente trajeron sus mejores cartas para este debate.

El corazón de Flora se hundió. Odiaba cuando las escuelas declaraban un empate en un concurso. Como si los niños no fueran lo suficientemente fuertes como para aceptar las malas noticias de perder.

Pero la señorita Sargent no había terminado. Dijo:

—Sin embargo... la señora Romano y yo creemos que el club de debate se trata de tomar decisiones difíciles.

Genial, pensó Flora. *Ahora puedo perder justa y honradamente*.

La señorita Sargent continuó:

—Debería añadir... que este debate no decide el futuro de las máquinas expendedoras en nuestra escuela. En realidad, es un asunto de la junta escolar, el gobierno local y los funcionarios estatales. Pero el equipo que hizo el argumento más convincente fue el equipo a favor: Flora, Daisy y Niklas.

Flora y su equipo saltaron y chocaron las cinco entre sí. La señorita Sargent le entregó a cada uno un certificado y una tarjeta de regalo de la librería.

Flora no podía creerlo. Sí, su falda picaba tanto que se sentía como si estuviese sentada en la arena sobre una cama de hormigas rojas; pero inesperadamente, esto se había convertido en un día bastante bueno, no terriblemente horrible.

CAPÍTULO 20

Peanuts

Al día siguiente, Zaidee esperó a Flora después de clases para caminar juntas al almuerzo.

Flora dijo:

—Ey, ¿qué onda, Zaidee?

Zaidee dijo:

—Solo quería felicitarte otra vez por el debate. Merecías ganar totalmente. ¿Podemos comer juntas?

Las Lucy, que estaban reunidas en el pasillo y se aplicaban brillo de labios en el espejo del casillero de Palmer, miraron este acontecimiento con sospecha.

Palmer, que era considerada la líder de las Lucy, dijo:

—Zaidee, eres más que bienvenida a comer con nosotras. Estoy segura de que Flo no tiene inconveniente alguno.

Flora se le quedó viendo:

—Nadie me llama Flo.

Palmer la ignoró.

—Totalmente tu decisión, Zaidee.

Zaidee sonrió y dijo:

—Gracias, Palmer, hoy almuerzo con Flora. Y, por cierto, soy nueva por aquí, pero escuché que odia que la llamen Flo.

Mientras se alejaba, Flora tuvo que luchar contra el impulso de darle a Zaidee un choque de cinco en el pasillo de la forma que lo hubiese hecho si Clara la hubiese defendido de esa manera.

—¿Por qué hiciste eso? —preguntó Flora—. Nunca nadie le dice no a las Lucy.

Zaidee parecía confundida.

—¿Por qué las llamas así?

Flora dijo:

—Porque son como la chica de Charlie Brown.

—¿Charlie Brown? —preguntó Zaidee, todavía confundida.

Flora sacó su teléfono y abrió un GIF de Lucy sacando la pelota justo cuando Charlie está a punto de patearla. Charlie quedó en posición horizontal, luego quedó en el aire y aterrizó sobre su espalda.

Zaidee se rió.

—¡Conozco esta tira cómica! Así que piensas que estas chicas son así, ¿ah? Probablemente no estés equivocada.

Se sentaron a la mesa con Aidan y Aditya. Ellos estaban hablando sobre un competidor japonés de comida que había comido diez Twinkies en sesenta segundos, un nuevo récord.

—Es imposible —dijo Aidan—. Ni siquiera puedes sacarle los envoltorios a diez Twinkies en sesenta segundos.

Aditya le dio una mirada incrédula a su hermano.

—Amigo, ellos le quitan el envoltorio antes que comience el concurso.

Flora se fijó en el atuendo de Zaidee, un par de jeans pegados, una camisa rosada abotonada y un bléiser negro, junto con un par de zapatillas de *ballet* negras.

Fue poco más que inesperado que una chica como Zaidee, que se vestía tan frufrú y actuaba tan elegante y apropiada, quisiera pasar claramente el rato con Flora, que no era ninguna de esas cosas. De hecho, en ese mismo momento, Flora llevaba su sudadera favorita, que mostraba a una chica con el pelo en un moño y decía: *Pelo sin forma, no me importa.* Entonces, como para demostrar el punto, el moño de Flora estaba especialmente desordenado, como si dijera "especialmente no me importa".

Abrieron sus almuerzos. Zaidee tenía un baguette de jamón y queso, de la panadería francesa Choc-o-Pain. Flora reconoció el envoltorio. Flora tenía una empanada de carne y una ensalada verde con vinagreta de fresas. La ensalada era innecesaria, pero su padre, que preparaba sus almuerzos, a veces se sentía mejor en la vida cuando había algo verde en el plato.

Flora le preguntó a Zaidee:

—¿Puedo preguntarte algo?

Zaidee dijo:

—Seguro.

Flora preguntó:

—¿Qué onda con los bléisers?

Su madre siempre decía que tenía tendencia a ser directa.

Zaidee no parecía fascinada por la pregunta. Explicó que en su antigua escuela llevaban uniformes.

—Me encantó, porque odio ir de compras y con un uniforme usas lo mismo todos los días. Cuando me enteré de que esta escuela no tenía uniforme, mi madre dijo: "Solo tenemos que hacer el nuestro". Así que fuimos a la tienda y compramos cinco pares de vaqueros, cinco bléisers y siete camisas abotonadas.

Luego sonrió.

—Me toma cinco minutos vestirme en las mañanas.

Flora estaba impresionada. A ella tampoco le gustaba ir de compras, pero no le tomaba cinco minutos vestirse en las mañanas. Como a ella le molestaba ir de compras y nunca aceptó la oferta de su madre de limpiar su armario, este era un revoltijo de ropa desde tercero hasta quinto.

—Dos preguntas de seguimiento —dijo Flora—. Uno: ¿te importaría si copio tu idea de uniforme?

Zaidee dijo:

—En absoluto.

Flora dijo:

—Segunda pregunta: ¿te importaría si te llamo Bléisers? Ya sabes, como apodo.

Zaidee se miró a sí misma y dijo:

—Está bien. Es decir, he tenido peores apodos.

Por primera vez desde que Clara se mudó, Flora estaba triste de que sonara la campana. No estaba segura de que Zaidee pasara el BFFómetro, pero era fácil conversar con ella y estaba muy lejos de ser aburrida.

Flora dijo:

—Ey, ¿te gustaría que nos encontrásemos después de la escuela y tomar té boba?

Zaidee dijo:

—No sé que es boba, pero me gusta el té. Le preguntaré a mi madre si está bien.

Flora sonrió y dijo:

—Genial, genial. Pero quedas advertida: si no te gusta el boba te estaré juzgando. El boba es vida.

Zaidee le sonrió.

—Mensaje recibido. El boba es vida.

CAPÍTULO 21

Por qué ir de compras con hermanas mayores no es bueno

El siguiente fin de semana fue inusualmente caluroso en Westerly. Era el último de abril, pero estaba en sesenta y pico y el sol brillaba intensamente.

—Mira —dijo la madre de Flora mientras preparaba el desayuno—. Clarita nos ha enviado algo de sol de California.

Flora frunció el ceño.

—Más bien, tu generación arruinó el planeta. El sol es evidencia de un cambio climático desigual y estamos todos condenados.

Su madre le dio un apretón en los hombros.

—Ay, Flora, no seas tan negativa.

—¿Cómo se supone que sea positiva cuando apenas tenemos una capa de ozono? —se quejó Flora—. *¿Y cómo se supone que puedo ser positiva si se fue mi mejor amiga?*

A pesar del hecho de que Flora no estaba de humor para socializar, su familia decidió hacer una barbacoa. Ese sábado por la mañana, se prepararon. Su madre hizo ensalada de papas y condimentó los filetes. Su padre estaba en el patio trasero, revolviendo sangría. Sus tíos, Rogelio y Luca, estaban jugando al dominó con algunos de los primos panameños que habían pasado por allí. Su abuela y el señor Carter estaban adentro, vigilando a su prima pequeña, Fina, que estaba durmiendo una siesta.

Su tío Rogelio llevaba una polo celeste y pantalones de lino. Su tío Lucas llevaba un suéter tejido y pantalones cortos de lino hasta la rodilla.

Rogelio dijo:

—Flora, te daré cinco dólares si puedes decirme de qué país son originalmente las fichas de dominó.

Flora AMABA los cuestionarios de su tío y también que siempre le daba efectivo aún si la respuesta era equivocada.

—¡Panamá! —dijo de inmediato. En la forma en que los panameños adoraban el dominó, tenía que ser de su tierra natal.

Su tío sonrió y sacudió su cabeza.

—Adivina otra vez.

Pensó por un segundo.

—¿Puerto Rico?

—No comienza con *P* —dijo.

Flora suspiró. Había muchos países y no sabía que más decir.

—*Okey*, me rindo.

—China —dijo su tío.

—Basta de historia y concéntrate en el juego —reclamó el tío Luca, golpeando juguetonamente a Rogelio en el brazo.

—Flora querida, cuando te enamores, asegúrate de encontrar a una persona que sepa jugar dominó. Le he estado enseñando a tu tío por años, pero...

El tío Luca frunció el ceño.

—Flora, mi amor, cuando encuentres a tu persona, sería bueno que fuera alguien que cumpliese con las reglas cuando se trate del dominó.

Todos los hombres alrededor de la mesa se rieron porque era cierto. El tío Rogelio era conocido por amañar las reglas a su conveniencia.

—¡Yo no hago trampa! —dijo Rogelio—. ¿Qué hago yo, Flora?

Flora sonrió.

—Mi tío no hace trampa. Se involucra en una conversación expansiva y evolutiva sobre cómo deberían ser las reglas.

—Tal como te enseñé —dijo Rogelio, deslizándole un billete de cinco dólares.

—Ya que terminó el juego —dijo el tío Luca—, por qué no me enseñas lo que has aprendido en las clases de baile?

Flora y Luca caminaron hacia un costado de la casa y Flora le mostró lo que había aprendido en clase con Maylin. Se veía tan cómoda haciendo los pasos y las vueltas, que Flora se sorprendió cuando el tío Luca aplaudió y dijo:

—Niña, estás candela. Te ves increíble.

Flora tomó un sorbo de su botella de agua y dijo:

—¡Gracias!

Maylin se acercó y dijo:

—Te saltaste como cinco pasos, Flora. Qué bueno que en realidad no seas una de mis damas, porque...

Flora no lo pensó, solo pasó. Le lanzó a Maylin en la cara un poquito de agua de la que quedaba en el vaso.

Sabía que estaba mal.

Pero esta es la cosa: en el momento no se sintió mal. Se sintió *estupendamente*.

En cuanto lo hizo, Flora se sintió mejor. Había visto recientemente el musical *Hamilton* en su clase. Le había molestado tanto esa terrible escena de duelo con Alexander Hamilton y Aaron Burr. Si tan solo Burr le hubiese tirado agua con gas a Hamilton en la cara, hubiese sentido la dulce satisfacción de castigar a su rival sin asesinar a nadie.

Estaba tan metida en la ensoñación de cómo ella, Flora la Fresca, podía arreglar la historia, que no se había dado cuenta de que a pesar de que solo había sido una pequeña cantidad de agua del vaso, Maylin había comenzado a gritar. Y no. Iba. A parar.

—Vamos, Monstruo Mayley, cálmate —dijo Flora. Así llamaba a Maylin a veces cuando sus padres no la escuchaban, ya que le habían pedido expresamente no referirse a su hermana de ese modo degradante.

La madre de Flora vino corriendo desde el patio interior.

—Ay, niña —dijo, sosteniendo a Maylin en sus brazos.

—¿Qué pasó?

Maylin lloró y chilló como si Flora la hubiese golpeado. Y la forma en la que su hermana estaba haciendo como si estuviese sufriendo, como si estuviese sufriendo de verdad, como la actriz de una telenovela frente a una tragedia implacable, hizo que Flora quisiese darle una patada en la espinilla con fuerza.

—Me tiró un vaso de agua. Justo. En. Mi. Cara —dijo Maylin.

—Flora, no —dijo su madre, cuyo rostro era una mezcla de impacto y horror.

—No es nada, eran como tres gotas de agua —dijo Flora.

—Inaceptable —dijo su madre—. Vete a tu cuarto hasta que tu padre y yo pensemos en un castigo.

Una hora más tarde, el padre de Flora tocó a su puerta.

—Flora la Fresca —dijo—. ¿Por qué sigues metiéndote en esta clase de berenjenales?

Era una expresión divertida. Meterse en un berenjenal. Flora tuvo que reprimir sus ganas de reír.

Su padre suspiró.

—No debiste tirarle agua a la cara a tu hermana. Eso es más que fresca. Es malvado.

Flora quiso explicar que el vaso estaba casi vacío. No podía haber más de cinco gotas de agua con gas ahí. *Al máximo* veinte gotas. Quiso explicar la paz que sintió en el minuto en que tiró el agua. Quiso que su padre supiese como un poco de agua como método de venganza, hubiese salvado la vida de Alexander Hamilton porque eso a nadie le importaba. Nadie comprendía.

Una cosa era que cada hora despierta de Maylin se consumía en la planificación de su quince, que aún estaba a dos meses. Otra cosa era que Flora estaba atrapada en una red de caramelos de roca cristalizada, diademas de diamante y bolsitas de satín para la fiesta.

A la mañana siguiente, después del desayuno, el padre de Flora, que no era ningún tonto, anunció que necesitaba ir a la tienda para trabajar en un pedido personalizado.

—Siento dejarlas, chicas —dijo, guiñándole un ojo a Flora.

—No hay problema —dijo la madre de Flora, deslizando despistada su dedo a través de la larga lista de pendientes en su teléfono.

—¡Ay! Quiero ir a la oficina con papá —dijo Flora. El padre de Flora la miró muy consciente de que estaba tratando de escabullirse con este escape perfectamente diseñado.

—Puedo afilar los lápices —ofreció.

Su padre dijo:

—Todos nuestros lápices están puntiagudos.

—Podría escanear los planos para el archivo.

Flora acababa de aprender a usar el escáner de cama plana y estaba convencida de que seguramente esa era una habilidad útil y de ayuda.

—Hija —dijo su madre—. Nos vendría bien tu ayuda.

A Flora no le molestaba ser útil.

—Por favor solo díganme que no vamos de compras para vestidos.

Maylin, quien no había levantado su vista del teléfono durante la comida, dijo:

—Por supuesto que vamos de compras para vestidos. Estamos a menos de ocho semanas de mi quince y ni siquiera tengo vestido. Podría necesitar un ajuste. El que elija podría estar en lista de espera. ¿Quién sabe cómo será el asunto?

—Pero ¿para qué me necesitan?

La madre de Flora dijo:

—Porque Maylin es tu hermana y las hermanas se cuidan entre sí.

Flora tuvo que contener las ganas de reírse en la casa de su madre. ¿Cuándo había cuidado Maylin de ella?

Maylin fue más honesta.

—Mira, flaca. Es mi quince y necesito que estés ahí en caso de que puedas ser de ayuda. Punto. Se acabó.

Flora salió de la habitación y gritó en silencio, como Simba en *El Rey León*. Qué miseria. Cuánta miseria.

No era que a Flora no le gustase ir al centro comercial. Lo que le disgustaba era ir de compras. Era totalmente genial correr por el centro comercial y tomar muestras gratis de comida de las tiendas lindas. Le gustaba ir al cine en el centro comercial. Podías reservar asientos y te llevaban la comida como si estuvieses en un restaurante, pero estabas en el cine. Flora pensaba que eso era bastante maravilloso. Había una tienda de artículos deportivos en el centro comercial y una tienda de descuento que vendía de todo, desde comestibles hasta ropa muy accesible. La madre de Flora compró toda su ropa para el campamento de verano en la tienda de descuento porque, como dijo:

—Flora estaba creciendo como una hierba.

Pero Flora se las había ingeniado para evitar ir al centro comercial desde que Clara se había mudado. Todo el lugar se sentía como una vieja gran alcancía de recuerdos de Clara.

Mas aún, Flora sabía tan bien como sabía su propio nombre, que ir de compras con Maylin era una forma única de tortura. La mayoría de la gente, le parecía a Flora, iba de compras con el propósito expreso de comprar un artículo y salir. Maylin compraba completamente de otra forma. Rara vez compraba algo, pero ir de compras con ella podía llevar horas.

Es importante saber que, aunque algunos niños exageran sobre el tiempo, Flora no era uno de esos niños. Le encantaba la aventura y la espontaneidad, pero también valoraba la puntualidad. Había conseguido su primer reloj en segundo grado. En tercer grado consiguió un reloj despertador con la forma de la película de princesas que le gustaba, pero que después detestaría. Sin embargo, desde que recibió ese despertador, se despertó sola por la mañana y nunca aplazó la alarma. Se enorgullecía de llegar temprano para las cosas y, cuando su madre le dio la más mínima libertad, como dejarla caminar sola hasta la tienda de boba mientras estuviera de vuelta en treinta minutos, Flora se aseguró de estar de vuelta en veinticinco.

Así que cuando dijo que Maylin tenía la capacidad de llegar al centro comercial y salir horas más tarde sin haber comprado una sola cosa, quería decir exactamente eso. Eso significaba que ir de compras con Maylin era ahora el problema de *todo el mundo*.

Si Flora hubiese sido su madre, ella hubiese hecho que Maylin escogiese un vestido o lo hubiese escogido ella misma. Pero su madre seguía diciendo:

—Es el día especial de tu hermana, ten paciencia.

De algún modo, a Maylin se le había metido en la cabeza que el solo hecho de que iba a tener un año mayor significaba que era más importante que nunca, como una estrella de cine o algo así. Se metió en la tienda más lujosa del centro comercial e inmediatamente comenzó a hurgar en los roperos como si estuviese buscando algo para llevar a los Oscar. Sostenía los vestidos sobre ella frente al espejo. Enviaba fotos de los vestidos a sus amigas, luego se sentaba en la silla elegante del área de vestidores a esperar que sus amigas le contestasen. Le enseñaba vestidos a su madre, pidiendo su opinión. Luego declaraba:

—Nadie me entiende —cuando su madre prefería el vestido que no le gustaba.

Después de los cuarenta y cinco minutos más largos de la vida de Flora, Maylin salió del vestidor con tres vestidos que parecían idénticos, excepto por el color.

La indecisión de su hermana estaba haciendo que Flora se volviese loca. Dijo:

—Todos se parecen. Elige uno y vámonos a casa.

—¿Estás bromeando? —preguntó Maylin—. Estos vestidos no tienen nada de parecido. Este tiene una manga del hombro tapada y realmente necesito mostrar mis brazos. El voleibol del Varsity me ha destrozado. He trabajado duro para tener estos brazos.

Maylin flexionó sus músculos y Flora fingió vomitar por todo el suelo del vestidor. Ella era muy buena haciendo

sonidos de vómitos, tanto que las dos mujeres que esperaban en el vestidor parecían tener un poco de asco.

—¡Flora Violeta Yara Castillo LeFevre!—dijo su madre—. Para con eso ahora mismo.

Flora sonrió, orgullosa de sí misma. Su madre solamente usaba su nombre completo cuando quería llamar su atención. Se suponía que era un castigo, pero a Flora le encantaba oír los cinco nombres, dichos por su madre en su cantado acento panameño. La hacía sentir como una leyenda, como el héroe de un libro o de una película.

Maylin salió nuevamente del vestidor y dio un pequeño giro. Se admiró a sí misma en el espejo como si estuviese protagonizando la más hermosa pintura del mundo. *¿Quién hace eso?*, pensó Flora. Sabía que la autoestima era importante, pero Maylin parecía querer besar su propia imagen en el espejo. Muy raro.

—¿Qué te parece, Mami? —preguntó Maylin.

Entonces, antes de que su madre pudiese contestar, Maylin dijo:

—El corpiño con piedrecitas es hermoso, ¿pero tal vez es un poco demasiado?

Flora dio una risotada. *Todo* lo de Maylin era demasiado, exagerado.

Unos minutos más tarde, Maylin salió del vestidor con un vestido amarillo pomposo que la hizo ver como Big Bird.

—Se veía bien en el gancho, pero ahora no estoy segura —dijo Maylin, viéndose inusualmente insegura.

Su madre dijo:

—Pruébatelo con la corona. Puede funcionar. Tiene un aire de carnaval que me recuerda las fiestas en Panamá.

Maylin tomó la brillante corona con los cristales amarillos y plumas.

—Respeto nuestros orígenes indígenas, pero no estoy segura de estos cristales y plumas.

—¡Usa las plumas! —dijo Flora, con su sonrisa ensanchándose.

—Mmm, *okey* —dijo Maylin y se puso la corona—. ¿Qué piensas, Mami?

Ver a Maylin envuelta en tafetán amarillo eléctrico era tan divertido que Flora de pronto se emocionó por no haber decidido perderse la salida de compras. Su hermana se veía *ridícula*. Mas aún, no parecía darse cuenta. Lo cual significaba que había una posibilidad de que Maylin comprase esa monstruosidad de vestido y lo usase para su quince. *Eso* significaba que todo sería como un programa de comedia gigante. Ay, pensó Flora, esto será divertido.

Esto va a estar bueno.

Mientras Maylin y su madre evaluaban el enorme pomposo amarillo como si fuese una opción legítima, Flora comenzó a reírse. Una vez que empezó, no pudo parar. Se cayó al piso.

Maylin se sonrojó y parecía realmente molesta.

—¿Te estás riendo de mí?

—No, me estoy riendo contigo —dijo Flora, riéndose más fuerte—. Todos estamos de acuerdo que este vestido te da una vibra tipo *Plaza Sésamo*.

La madre de Flora dijo:

—Es la elección de Maylin. Lo que ella elija tiene todo nuestro apoyo.

Era la afirmación que Maylin necesitaba. Tomó una bocanada de aire, se ajustó la corona emplumada y dijo:

—El tema es que mi color de poder es el amarillo. La astróloga que hizo mi tabla la semana pasada en el centro comercial lo dijo.

La madre de Flora dijo:

—Tal vez podemos buscar un amarillo más suave, más mantequilla.

Maylin se quitó el vestido y se lo pasó a Flora.

—Ve a ver si lo tienen en amarillo mantequilla.

Flora tomó el vestido y actuó como si fuese cortés.

—Sí, *milady*. ¿Y la corona?

Maylin dijo:

—Me la quedo. Como que me gusta. Ahora muévete.

—¿Tienes *por favor* en tu vocabulario? —preguntó Flora. Maylin la ignoró.

Flora se volteó hacia su madre.

—¿Acaso no tiene que decir *por favor*?

Su madre, sin embargo, ni siquiera había prestado atención.

—Estoy segura de que lo hizo —dijo, mirando su teléfono—. Tu hermana tiene modales impecables. Rayos, este texto es de los del brindis. Déjame salir para llamarles.

Flora asintió. En el fondo, sabía que su madre era increíble. Pero ella y Maylin eran tan parecidas que a veces parecía que Flora no encajaba con ellas.

Cuando llegó a casa, le envió un mensaje de texto a Clara.

Buenos fiascos, Clara.

Unos minutos más tarde, obtuvo una respuesta.

Buenos fiascos, Flora. ¿Qué hay de nuevo?

Flora sonrió. "Buenos fiascos" era una de esas cosas raras que solo ella y Clara dirían. Clara solía decir:

—Vamos, Flora, tienes que admitirlo. Los fiascos son mucho más buenos que los días.

Flora quiso escribir *te extraño. Me siento sola. Todo es peor desde que te mudaste.* Pero ella no quería parecer como una carga. Quería que Clara la recordara como una amiga divertida, no como una triste.

¿Por qué el patinador fue al cine?, escribió Flora.

Luego de unos segundos Clara escribió: *No sé. Dime, Fresca.*

Porque era una tabla que rodaba.

Flora sonrío para sí, sabiendo que Clara apreciaría el chiste.

Unos segundos más tarde, recibió unos emojis de risa estridente. Éxito, pensó. A veces solo contarle una broma a tu mejor amiga que la haga reír es lo mejor que puedes desear.

CAPÍTULO 22

El problema de tratar a las adolescentes como la realeza

Al día siguiente, después de la escuela, Flora y Zaidee se encontraron en la entrada principal. Zaidee estaba usando un bléiser verde. Flora dijo:

—Lindo bléiser, Bléisers.

Mientras caminaban por Bay Street, Zaidee dijo:

—Me alegro de que estés aquí para mostrarme los alrededores. Es difícil ser nueva.

Flora dijo:

—No hay mucho que enseñar. Este es un pueblito chiquitito. Todo está en una calle.

Flora se había enterado de que, aunque Zaidee había vivido recientemente en París, había nacido en el Líbano y vivió allí hasta segundo grado.

—¿Cómo es el Líbano? —preguntó Flora.

—Beirut es un lugar mágico —dijo Zaidee—. Está lleno

de contrastes. Todo es viejo, algunas villas tienen más de cien años. ¡Hay tantas clases distintas de flores! Puedes girar en un sentido y encontrarte caminando por una calle de adoquines con pequeñas tiendas, restaurantes y persianas azul turquesa como el mar. Pero luego, en otra calle, puede haber una puerta llena de agujeros de bala y te recuerda, en un instante, cuántas guerras se han dado en esas calles.

A Flora le costaba imaginarlo.

—Vas a tener que enseñarme fotos. Me gustaría ver.

Zaidee preguntó:

—¿Cómo es Panamá?

Flora se avergonzó de decir que nunca había estado. La mayor parte de su familia extendida vivía ahora en Rhode Island.

—No queda nadie a quien visitar —dijo su madre una vez—. Así que no hay tantas razones para ir.

Flora le dijo a Zaidee:

—Me gustaría ver los lugares donde creció mi madre y donde se conocieron mis padres. Algún día iré... A veces siento que nuestra casa es como una pequeña embajada. Cuando entras por la puerta es como si estuviéramos en un pequeño rincón de Panamá. Especialmente los domingos por la noche, cuando tenemos una gran cena familiar, la comida es panameña, los acentos son panameños, la música y los olores son todos de Panamá. Al menos, una versión de eso que mis padres llevan consigo.

Zaidee sonrió y dijo:

—Así es para nosotros también. Hay una especia del Medio Oriente llamada za'atar. Hay diferentes mezclas, pero todas tienen una mezcla de tomillo, sal, zumaque y semillas de sésamo. Cada vez que nos visitan amigos o familiares, nos traen un frasco de donde sea que vengan: Jordania, Beirut, o Palestina. Siempre me huele a sol, a Mediterráneo y a picnic familiares junto al mar. Esa es una de las cosas que me gustan de Westerly. Huele a mar.

Flora sonrío. Amar el olor del mar definitivamente merecía un punto en el BFFómetro, así como saber de especias geniales y elegantes.

Flora se detuvo frente a una tienda que tenía un gran mural de Bruce Lee, la leyenda de las artes marciales, haciendo una pose de karate.

—Estamos aquí — dijo—. Bienvenida al Boba Bruce Lee.

—He oído hablar de boba, pero nunca lo he probado — dijo Zaidee, mirando la tienda.

Se quedaron afuera, mirando el menú. Flora le explicó que el té boba era como un batido taiwanés. Le mostró a Zaidee la lista con todos los sabores: té verde, mango, fresa, maracuyá, toronja.

Zaidee parecía dudosa.

—¿Qué hay en las bolitas negras?

Flora dijo:

—Son deliciosas. Están hechas de tapioca.

Zaidee preguntó:

—¿Qué es tapioca?

Flora dijo:

—Es como un pudín.

Zaidee parecía ni siquiera querer intentarlo.

—¿Son blandas?

Flora destellaba.

—¡Muy blandas!

Zaidee se echó a reír.

—Odio las cosas blandas.

Flora contestó:

—¿A quién no le gustan las cosas blandas? ¿Qué clase de monstruo eres?

Aún cuando Flora la llamó monstruo, Zaidee se rio.

—¿Qué otra cosa puedo pedir aquí en el Boba de Bruce Lee?

Flora miró a su alrededor.

—Hay Ramune —señaló al refrigerador pequeño con botellas de distintos colores—. Es como una soda.

Zaidee dijo:

—Probaré eso.

Después de varios minutos más de deliberación, Flora se decidió por un boba de maracuyá y Zaidee eligió un Ramune azul hawaiano.

Ramune es una soda japonesa con una canica en el cuello de la botella.

—Presionas la canica hacia adentro de la botella —dijo Flora—. Entonces haces chug, chug, chug.

Zaidee siguió las instrucciones y tomó un sorbo.

—Creo que voy a discrepar contigo. Ramune es vida. ¿Puedo quedarme con la canica al final? Es tan bonita.

Flora sacudió su cabeza y dijo:

—Nop.

Zaidee no entendió.

—¿Por qué?

Flora explicó:

—Una vez vi un video de un papá tratando de sacar la canica de una botella de Ramune. El tipo usó una mini motosierra. Había vidrio por todas partes. Así que no vale la pena.

Zaidee estuvo de acuerdo:

—Definitivamente, no vale la pena.

Flora dijo:

—Entonces, cuéntame más sobre el lugar de donde vienes.

Zaidee dijo:

—Nos hemos mudado mucho. El Líbano es un lugar raro. Hemos estado y dejado de estar en guerra por cientos de años. Así que —como les gusta a mis padres decir— somos nómadas. Cuando está todo bien, volvemos a casa. Cuando las cosas andan mal, mis padres encuentran otro trabajo y nos mudamos.

Flora dijo:

—Eso suena emocionante. Yo solo he vivido en esta pequeña ciudad aburrida.

—Es y no es emocionante —explicó Zaidee—. Hasta el momento hemos vivido en Francia, Senegal y también vivimos en México. Todos son lugares hermosos, pero cada vez que me empiezo a sentir instalada, nos mudamos nuevamente.

Flora dijo:

—Ciudad de México, entonces hablas español.

—En realidad, no —dijo Zaidee—. Fui a la escuela

francesa, el Liceo Franco-Mexicano en CDMX, pero aprendí poquito. Pero algo como... poquito, poquito.

Flora no podía esperar a contárselo a Clara. Finalmente conoció a una amiga que hablaba dos idiomas más, francés y árabe.

—Entonces, cuéntame sobre París —le pidió Flora.

—En realidad vivimos en las afueras de la ciudad, en un pueblo llamado Versalles.

Flora nunca había oído hablar de él.

Los ojos de Zaidee se abrieron de par en par.

—¿En serio? Es famoso porque tiene ese palacio enfermo ahí. El Palacio de Versalles.

Flora estaba curiosa.

—Creo que necesitamos algo de *macarrones* para acompañar esta conversación.

Zaide dijo:

—¿Venden *macarons* aquí? Qué lugar tan interesante. Batidos taiwaneses, sodas japonesas, pastelería francesa.

Flora dijo:

—Interesante es cómo lo enrollo. Y tienes que enseñarme a pronunciar *macarons* como tú. Tu acento francés está a otro nivel.

Fue al mostrador y regresó con un plato de macarrones

con la figura de Bruce Lee estampada en la vajilla.

—¿Qué tiene que ver Bruce Lee con el boba? —preguntó Zaidee.

—Absolutamente nada —dijo Flora—. Pero te aseguro que es divertido verlo.

Además de proporcionar el motivo principal de las ilustraciones que estaban en los platos, tazas y servilletas, había dos pantallas de televisión que mostraban sin parar series de películas de acción de Hong Kong. Flora señaló al plato.

—Tenemos de té verde, de Nutella, de té negro, de coco, de chocolate y estos azules.

Zaidee tomó un macarrón azul y dijo:

—¿Sabes que a los azules los llaman *macarons* María Antonieta?

Flora no lo sabía.

—Bueno, María Antonieta era una diva del más alto nivel —explicó Zaidee—. Se convirtió en la futura reina de Francia cuando tenía apenas quince años.

Flora dijo:

—Mi hermana, Maylin, está por cumplir quince y cree que es la reina de Westerly.

Zaidee dijo:

—Igual, debe ser lindo tener una hermana mayor. Ser hija única significa que paso, *de lejos*, demasiado tiempo con mis padres.

Flora dijo:

—Todo lo contrario. Ella hace mi vida miserable. Pero suficiente de ella. Cuéntame sobre la princesa de quince años.

—Bueno, ella se convirtió en reina de Francia cuando tenía diecinueve años —continuó Zaidee—. Y según cuentan, ella era una consentida. La mayor parte de Francia era realmente pobre, pero ella gastaba cantidades obscenas de dinero en vestidos de baile y joyas exageradas. Tenía una cantidad desagradable de amigas que eran como sus damas de compañía. Solo vivían para vestirse y darse gustos.

—Guao —dijo Flora—. Es *igual* que mi hermana.

Flora sabía que su hermana era la peor. No sabía que Maylin tuviese tan deslumbrante precedente histórico.

—*Okey* —dijo Flora—. Nuevo nombre código para mi hermana bestia: MA, abreviatura de María Antonieta.

Zaidee dijo:

—Te gusta ponerle sobrenombres a la gente. Pero, ¿y tú? ¿Tienes alguno?

Flora dijo:

—Mi amiga Clara solía llamarme Flora la Fresca.

Zaide preguntó:

—¿Porque bebes Fresca?

—No, porque me gusta hacer mis propias reglas y a veces los adultos creen que soy un poquito grosera.

—Un poquito grosera está bien, ¿no crees? —dijo Zaidee—. En especial si eres una chica, es importante no ser una alfombra. A veces, si eres amable, la gente te pisotea entera. Mi madre siempre dice: "No confundas amabilidad con debilidad" cuando la gente trata de abusar de ella.

—Oh, me gusta —dijo Flora, sorbiendo las burbujas del fondo de su té de burbujas.

Zaidee hizo una cara.

—Puedo escuchar lo blanditas que son esas cosas.

Flora no quería ser grosera. Paró de sorber las burbujas del boba con su carrizo.

—Puedo terminarlo en casa, si quieres.

—Qué lindo de tu parte dejar de sorber solo por mí —dijo Zaidee con sinceridad—. Pero debes terminarlo. Estoy contenta de que me hayas mostrado el Ramune. Creo que el boba no es para mí.

—Me parece justo —dijo Flora—. Entonces, ¿alguna vez has visto a María Antonieta dando un paseo por tu ciudad en Francia?

—Por supuesto que no. Ella vivió hace cientos de años atrás. ¿Quieres saber cómo murió? —susurró Zaidee.

Los ojos de Flora brillaban. Ella *sí* que quería saber cómo había muerto la reina adolescente mimada.

—¿Cómo murió? —preguntó Flora, susurrando también.

Zaidee se inclinó y dijo:

—Ella murió en la *guillotine*.

Flora no sabía qué era eso, pero todo lo que Zaidee decía en francés sonaba muy lindo.

Zaidee percibió inmediatamente que Flora no había captado toda la implicación del trágico final de María Antonieta.

—Flora —preguntó—, ¿sabes lo que es una guillotina?

Flora admitió que no lo sabía.

—Es una máquina que te corta la cabeza —Zaidee hizo la mímica de dejarse caer sobre la mesa y luego la miró—. Quedas así —continuó—. Entonces una navaja gigante cae y *voilá*, tu cabeza es separada de tu cuerpo; estás super-super muerta.

Esto le encantó a Flora.

—De allí viene la expresión "Van a rodar cabezas", explicó Zaidee—. Porque en aquellos tiempos, si te metías en problemas, te mandaban a la guillotina y tu cabeza rodaba fuera de tu cuerpo.

—Guao —dijo Flora—. Eso es horrible. E impresionante. Y espantoso. Impresionantemente espantoso.

Zaidee sonrió.

—¿Sabes qué más aprendí en Versalles?

Flora no podía esperar a oír.

Se rumoraba que el fantasma de María Antonieta siguió siendo una adicta a las compras, incluso después de su muerte.

—¡No!

—*Oui, oui*. Se dice que en las boutiques más elegantes de París se ha visto a María Antonieta caminando sin cabeza con un vestido de baile ensangrentado, sosteniendo una cabeza que todavía está perfectamente maquillada con labios rojos y el cabello perfectamente rizado.

Flora pudo imaginarse a la reina malcriada y adolescente sin cabeza y eso la asustó un poco.

—Eso es horrible —dijo.

—Pero hay mucho más —dijo Zaidee en tono de conspiración.

Flora asintió emocionada.

—Se dice que a veces, cuando estás sola en el vestidor de una tienda, podrías sentir un repentino frío en el cuello. Entonces, escucharás una voz áspera y fantasmal decir: "Bonito vestido, querida. Definitivamente deberías comprar ese".

Flora chilló. La señora Oh, que era la dueña de la tienda de boba, caminó hacia ellas y dijo amablemente:

—Mantengan la voz baja, chicas.

—Y es por eso que no me gusta ir de compras —dijo Zaidee, radiante.

—¡Suficiente! ¡Realmente suficiente! —dijo Flora—. Es la mejor historia de fantasmas que he escuchado jamás.

Se sentía bien reírse tan duro. Flora tenía que admitir que Zaidee estaba convirtiéndose en una amiga de verdad. Era lindo tener alguien con quien sentarse en el almuerzo y pasar el rato después de la escuela.

Flora no había pensado que fuese posible después de que Clara se mudó. Pero era lo que siempre decía la señora Romano: "A la vida le gusta sorprender".

CAPÍTULO 23

La casa de Zaidee

A la siguiente semana, Zaidee invitó a Flora a hacer la tarea después de la escuela. Flora sabía que eso significaba que su amistad estaba escalando a otro nivel. Una cosa era almorzar en la escuela o incluso ir por té boba. Pero pasar el rato en la casa de la otra era un precursor de las pijamadas. Flora se sentía tanto culpable como curiosa. ¿Acaso significaba que había terminado de extrañar a Clara? ¿Habría comenzado así la amistad de Clara y Avery?

La casa de Zaidee era hermosa, como sacada de una revista. Tenía un techo plano y ventanas gigantes a cada lado. Zaidee dijo que el estilo se llamaba "moderno de mediados de siglo". El patio trasero de su casa daba hacia un río y había un enorme columpio de neumáticos y un invernadero que tenía una mesa de comedor y muchas plantas.

—A veces —explicó Zaidee— mis padres tienen cenas elegantes en ese invernadero. Pero más que nada, hago mi tarea e invento obras de teatro sobre plantas atrapamoscas venus que mutan y se adueñan del mundo.

—¿Quieres verlo? —preguntó Zaidee.

Flora asintió.

—Sígueme.

El invernadero consistía en dos partes. Una era un invernadero tradicional con filas de plantas y flores hermosas.

En el segundo espacio, había una mesa de comedor y una sala de estar. Flora pensó que parecía como una verdadera casa en el árbol mágica, la forma en la que el techo con doble vidrio proyectaba rayos de luz solar y sombras de los árboles de arriba sobre el suelo gris.

—¡Ay, Dios mío, es tan calentito y agradable aquí —dijo Flora, dejándose caer sobre un sillón de gran tamaño cubierto con un diseño botánico.

Zaidee tiró su mochila al suelo y se sentó en el sofá frente a Flora.

—Es muy bueno, ¿verdad? —dijo—. Mi baba dice que lo que es bueno para las plantas es bueno para nosotros.

En ese momento, su padre entró al cuarto y dijo:

—¿Me estás citando, Zaidee?

Puso su mano en el pecho y dijo:

—Ahlan, Zaidee. Marhaba, debes ser la nueva amiga de Zaidee, Flora.

Flora se sonrojó, sorprendida y feliz de que Zaidee le hubiese realmente hablado a su padre sobre ella.

—Gusto en conocerlo...

Flora no sabía cómo llamarlo.

Él le sonrió, con grandes y profundos ojos. Su rostro tenía una pizca de tristeza, pero en el momento en el que sonrió, sus ojos bailaron.

—Puedes llamarme Profesor Khal.

—¿Te quedarás para tomar el té, Flora? —preguntó.

—Lo haré —dijo ella, tratando de no dejarse asombrar por la elegancia del adulto.

Unos minutos más tarde, el Profesor Khal regresó con una tetera y delicadas tazas cubiertas con diseño de hojas y helechos.

—Té de rosa de canela —explicó mientras vertía en tazas para cada chica—. Y baklava.

Zaidee resplandecía.

—Mi madre los hace. Mis favoritos son los de esencias de naranja.

Flora le dio un mordisco al dulce que le pasó Zaidee. Era diferente a cualquier cosa que hubiese probado antes. Y, por un momento, sintió que estaba traicionando a Clara. No estaba en la tienda de su padre, enviándole mensajes a su mejor amiga. Estaba tomando té y dulces en un invernadero elegante.

—Llámenme si necesitan más té —dijo el Profesor Khal—. Estaré trabajando en la otra habitación.

Se fue y Flora dijo:

—Tu papá es amable. Y su invernadero es increíblemente hermoso.

Zaidee suspiró.

—Es una casa hermosa y esta es una linda ciudad, pero no es el hogar. Vamos a casa en el Líbano por dos meses cada dos años, pero nunca nos quedamos. Baba dice que debemos seguir al trabajo, pero lo que eso significa es que siempre vivimos en algún lugar en el que la gente no se parece o suena como yo.

—Toda la familia de mi mamá está aquí en los Estados Unidos, así que nunca vamos de vuelta a Panamá —explicó Flora—. Mi hermana siempre está ufanándose de que vivió ahí antes que yo naciese y es por eso que su acento español es perfecto. Me gustaría volver ahí por un mes, ver cómo es. Mi madre y mi padre actúan como si fuera el lugar perfecto.

Zaidee se encogió de hombros.

—Es lo que hacen los padres inmigrantes. Tienen que hacer ver que el pasado siempre es más perfecto de lo que es. Así es como sobreviven al trabajo duro de hacer vida en un nuevo país.

—Cuéntame más sobre Beirut. Voy a ser muy sincera y te diré que nunca había escuchado de esa ciudad hasta que me hablaste sobre ella.

Zaidee sonrió.

—Es una pequeña Nueva York, un poco como París y realmente como ningún lugar en este mundo. Hay un zumbido en la ciudad; lo sientes en el momento en que aterrizas y se queda contigo hasta que te vas. Mi madre dice que como la gente sabe lo difícil que puede ser la vida, están obsesionados con la alegría. Desde el momento en que llegamos hasta el momento en que nos vamos, amigos

y familiares nos hacen fiestas solo porque sí. Siempre hay comida deliciosa y baile, y me quedo despierta mucho más tarde que en cualquier otro lugar.

Flora estaba un poquito celosa. Su hora de dormir, a las ocho p. m. le parecía excepcionalmente ridícula para una niña de quinto grado.

—Suena como todo lo contrario de este lugar —dijo—. Vivir en una ciudad pequeña puede ser tan aburrido. Aburrido con A mayúscula.

Zaidee colocó sus largas y altas piernas de adulta en el sofá.

—No sé —dijo—. El aburrimiento puede ser reconfortante. A mis padres les gusta aquí. Mi padre dice que le recuerda a un globo de nieve que su padre le trajo una vez de Londres, de un pueblo en el mar donde ninguno de los edificios era más alto que la estrella más baja del cielo nocturno.

—Eso es hermoso, Z —dijo Flora.

—Beirut es muy diferente, pero como Westerly, está sobre el mar. Mi madre dice que el Atlántico no es como el Mediterráneo, pero cuando ella camina por la playa y cierra sus ojos, incluso en un día frío...

—Huele a hogar —dijo Flora, sonriendo.

—Seeeh —dijo Zaidee, viendo a su nueva amiga con atención—. ¿Cómo sabías?

—Mi tío Rogelio dice la misma cosa. Aún cuando Westerly es nada, quiero decir nada, ni siquiera una iota, como Panamá, mi tío dice que dado que había mucho trabajo y el mar está aquí mismo, él sabía que este podía ser un buen hogar para nuestra familia.

CAPÍTULO 24

Cazafantasmas

Cada fin de semana, la familia de Flora tenía una noche de películas. Tomaban turnos para elegir una película y todos tenían que mirarla sin refunfuñar y, esto es importante, como su madre decía: sin aparatos.

Ese sábado, el papá de Flora había elegido la *Cazafantasmas* original, que había sido su película favorita cuando estaba creciendo.

Unos meses antes, su madre había elegido la *Cazafantasmas* protagonizada por chicas, que todos habían encontrado muy divertida. Tanto, que Flora añadió "búsqueda paranormal" a la lista de cosas que quería hacer cuando creciera.

Mientras su padre daba inicio a la película, Flora se percató de que Maylin estaba mirando su teléfono como si estuviese soldado a su mano. Se le quedó viendo como si fuese un gran banquero y estuviese haciendo *millones* como el corredor de la bolsa de valores en esa película que a su padre le gustaba, pero que decía que las chicas eran muy jóvenes para verla.

El papá de Flora alcanzó a tocar su teléfono y dijo:

—Caramba niña, siente tu teléfono, se está quemando porque tú nunca lo dejas.

Su madre añadió:

—Las implicaciones de salud de eso no pueden ser buenas.

Maylin dijo:

—¿Por qué tengo que dejar mi teléfono cuando Flora tiene su iPad?

Flora odiaba cuando Maylin trataba de arrastrarla en su esfera de drama. Flora no usaba su tableta para escribirle a sus amigas o para pasar revista a los sitios de celebridades. Ella usaba su iPad para dibujar. Ver películas y dibujar iban perfectamente de la mano, como mantequilla de maní y panqueques, lo cual, por casualidad era el desayuno favorito de Flora.

Sabía que sus padres iban a ponerse del lado del monstruo Maylin. Intercambiaron miradas como si viéndose telepáticamente pudieran llegar a la decisión correcta.

—Por mucho que no me guste... —comenzó la madre de Flora.

—Un aparato es un aparato —dijo su padre.

—Así que guarda la tableta —continuó su madre.

Maylin sonrió y Flora pensó: bien. Flora 2 - Maylin 1.

Flora había encontrado el *Cazafantasmas* original menos gracioso y más bien como un documental sobre los malos efectos especiales que se usaban cuando sus padres eran jóvenes. Pero por alguna razón, a Maylin le pareció que los efectos especiales de vieja escuela eran súper aterradores.

—¡Ay, Dios mío, has que se detenga! —dijo asustándose cuando las tarjetas en la biblioteca empezaron a volar por todos lados.

Flora pensó que el limo y el gran enfrentamiento con las gárgolas y los fantasmas de ojos rojos en los tejados eran divertidísimos. Pero Maylin saltó y dijo:

—Tengo que ir al baño.

Flora la oyó cerrar la puerta del tocador y procedió a no salir durante otros veinte minutos, lo que se siente como una eternidad cuando estás viendo una película. Flora sospechaba que Maylin estaba en el baño enviando mensajes de texto, lo cual era, según Flora, no solamente vulgar, sino grosero.

Maylin no se metió en problemas porque Maylin casi nunca se metía en problemas por nada. Pero cuando la película terminó, Maylin preguntó de forma casual:

—Ey, Flora, ¿quieres hacer una pijamada en mi cuarto?

En ese momento, Flora supo que su hermana mayor estaba asustada de verdad.

Flora dijo que sí, porque casi nunca podía ver el interior de la habitación de Maylin, que era como una fotografía de catálogo con obras de arte enmarcadas y una mesa vestida elegantemente con un espejo que se iluminaba, que Maylin llamaba tocador.

Cuando se pusieron los pijamas y Flora se instaló en la cama extra que Maylin usaba para las pijamadas, Flora dijo:

—Juguemos dos verdades y una mentira.

Maylin hizo una cara y dijo:

—Uff, no lo hagamos.

Luego se dio vuelta y en cuestión de minutos, Maylin estaba roncando. La hermana de Flora estaba roncando tan fuerte que Flora estaba segura de que no lo estaba fingiendo. Así que Flora se dio la vuelta y también se fue a dormir.

***

A la mañana siguiente, cuando Flora se despertó, Maylin entró fresca de la ducha. Usaba una bata corta de tela de toalla y su cabello estaba húmedo.

—*Okey*, sal de aquí —dijo Maylin.

—Pero, ¿por qué? —preguntó Flora, aferrándose a la pequeña esperanza de que ella y Maylin pudieran en verdad tener un momento de hermanas.

—Porque voy a secarme el cabello —dijo Maylin.

—¿Por qué no me puedo sentar aquí?

—Porque necesito mi privacidad —gruñó Maylin—. Vete.

—Pensé que tal vez podríamos hacer algo hoy —dijo Flora—. ¿Cómo ir al cine?

Maylin la miró ofendida. Como si no hubiese estado asustada la noche anterior en la película.

—Tengo que ir de compras por mi vestido de quince —dijo—. Y cuando quiera ir al cine, lo haré con mis amigas de verdad.

Flora quería decir algo. Algo fresco que fuese una respuesta astuta. Pero no podía pensar. Se apresuró a salir de la habitación de Maylin antes de que su hermana pudiese ver las lágrimas que Flora sentía que estaban por salir.

Cuando llegó a su habitación, tomó su teléfono para escribirle a Clara y no podía creer lo que sus ojos vieron. Había una foto de Clara y Avery sosteniendo su mapa, el que había hecho a mano como regalo para Clara. Estaban de pie en la entrada del puente Golden Gate, el que había pasado tanto tiempo investigando y que había dibujado a la perfección.

Bajó a la cocina, donde su padre estaba haciendo un café.

—¡Mira esto! —dijo con su cara llena de lágrimas.

—Ay, Flora —dijo su padre, llevándola hacia él para darle un abrazo—. ¿Ese es el mapa que hiciste para Clara?

Flora asintió.

—Ahora está visitando todos esos lugares con su nueva y horrible amiga. La chica ni siquiera clasifica en el BFFómetro.

—Supongo que eso es lo que llaman un puente demasiado largo —dijo su padre.

—¿Qué? —preguntó Flora.

—Solo hacía una broma tonta —murmuró él—. Estoy seguro de que te mandó esa foto porque quiere que sepas cuánto le gustó tu regalo. No porque estaba tratando de herir tus sentimientos.

—Pero lo hizo. Hirió mis sentimientos.

Su padre la abrazó más fuerte aún y aunque sabía que no estaba sola, nunca se había sentido tan Flora la Sola.

CAPÍTULO 25

Un susto bien merecido

Flora había pensado que su vida estaba mejorando. Le encantaban tanto sus clases de baile, que sus tíos habían prometido llevarla a Nueva York para ver un espectáculo de Alvin Ailey si sacaba B o más en todo en su boletín de calificaciones, lo cual iba a ser facilísimo. Zaidee no era Clara, pero al menos era una amiga.

Pero todo este asunto de ser reclutada para ser la sirvienta de su hermana se estaba volviendo ridículo.

Su madre había insistido en que Flora fuera con ellas al centro comercial.

—El quince está a menos de un mes —dijo—. Necesitamos toda la ayuda que podamos conseguir. Las hermanas se cuidan unas a otras.

Mientras su madre tomaba una llamada del hospital, Flora y Maylin iban de vuelta al vestidor con un montón de vestidos que la asistente de venta le había separado.

—Necesito que seas una buena asistente —dijo Maylin, entregándole a Flora su bolso y su botella de agua cuando entró en el vestidor.

Flora puso ambas cosas en el suelo junto a la silla.

—Flora, ¿estás loca? —chilló Maylin tan fuerte que varias personas se dieron la vuelta para mirar—. No pongas mi bolso en el suelo. Sabes que eso es de mala suerte.

Era cierto. Era una superstición panameña de que, si pones tu bolso en el suelo, todo tu dinero desaparecerá mágicamente. Pero Flora lo había olvidado.

Maylin salió del vestidor con un horrible vestido de satín color borgoña.

—Me gusta este —dijo, sacando su teléfono y tomando una foto de sí misma en el espejo del vestidor—. Déjame escribirle a mis amigas y ver qué piensan.

—Pásame mi agua —dijo, ni siquiera mirando a Flora.

—¿Podrías decir por favor?

—Por favor, babosa —gruñó Maylin.

Babosa no era una palabra amable y Flora sintió ganas de tirarle toda el agua a Maylin. Habría sido apropiado, teniendo en cuenta su horrible vestido de bruja.

Flora no estaba segura de qué la hizo mirar hacia arriba, pero cuando lo hizo, se dio cuenta de que las paredes del vestidor no llegaban hasta el techo. De hecho, no bajaban hasta el final. Las paredes entre los vestidores no eran realmente paredes. Eran divisiones.

Interesante, pensó. *Muy interesante*.

Entonces se le ocurrió. ¿Qué tal si pudiese convencer a Maylin de que el vestidor estaba embrujado? Eso la sacaría de su pedestal de princesa de quince. Flora recordó lo asustada que estaba Maylin cuando vieron *Cazafantasmas*, además de la aterradora historia que Zaidee le había contado sobre la joven reina enloquecida por la moda y su decapitación. Si pudiese conjurar al fantasma de María Antonieta, entonces tal vez le enseñaría a Maylin de una vez por todas que Flora era su hermana, no su sirvienta.

Habría seguido siendo solamente un pensamiento si la vendedora, cuya placa decía el nombre Trish, no hubiese dicho:

—Estamos recibiendo una línea completamente nueva de vestidos esta semana. Están diseñados por la cantante Rosalía. Solamente cinco tiendas en la Costa Este los están trayendo y somos una de esas. Si quieres, puedo reservarte todos los vestidos de tu talla.

Los ojos de Maylin se dilataron.

—Eso sería fantástico.

Luego se volteó hacia Flora y dijo:

—Hemos terminado aquí. Cuelga todos estos vestidos.

—Dios mío —dijo Flora—. ¿Acaso sabes cómo decir por favor?

Su madre se volteó hacia Trish y dijo:

—Volveremos el próximo sábado.

Flora sonrío. Eso le dio seis días enteros para hacer su movida.

Clara habría sido la compañera de crimen perfecta para esta broma. Pero Clara estaba en California y la última vez que Flora había revisado el Instagram de Clara, la había visto descubriendo la alegría de los tacos japoneses hechos con conchas de algas nori con su nueva amiga Avery.

Flora necesitaba un cómplice. Pero ¿quién? Bléisers había resultado ser más genial de lo esperado, pero ¿se podría contar con ella para seguir a Flora por la cruel madriguera de Villa Bromas?

Como siempre decía su madre: "No pierdes nada en preguntar". Y era Bléisers la que le había dicho esa historia genial sobre el fantasma de María Antonieta.

Al día siguiente, después de la escuela, Flora le preguntó a Zaidee si podía hablar con ella.

Sentada en las bancas cerca de la línea del autobús, Flora explicó que quería hacerle una broma muy inocente pero divertida a su hermana.

—Me sumo —dijo Zaidee con entusiasmo.

Después de la escuela, caminaron juntas hasta el Boba Bruce Lee. Después de que ambas hubiesen pedido, se instalaron en lo que se había convertido en su mesa favorita cerca de la ventana.

Zaidee desenrolló un trozo de papel con pequeños cuadros azules.

—Vaya —dijo Flora—. En nombre de los bléisers, ¿qué es eso?

—Papel de planos —explicó Zaidee—. Mi padre tomó un curso de arquitectura de jardines y le sobró algo. Tú habla y yo esbozaré el plan.

Zaidee sacó un lápiz perfectamente afilado y Flora explicó el plan.

—Todos los vestidores están en fila —dijo Flora, mientras Zaidee dibujaba—. Pero entre ellos, hay un espacio en la parte superior e inferior.

—¿Así? —preguntó Zaidee, mostrándole el dibujo.

—Exactamente —dijo Flora—. Descargué esta aplicación llamada Suena más Espeluznante. Graba tu voz y la reproduce de una manera aterradora y distorsionada. Puedes usarla para sonar como un fantasma, un ogro, o un zombie.

Flora le mostró a Zaidee la aplicación y Zaidee dijo:

—Oh, esta me gusta.

Tocó un icono y luego susurro:

—Deberías tener mucho miedo.

Y Flora tuvo que admitir que, a pesar de que estaba mirando directamente a Zaidee, su voz sonaba tan diferente que estaba un poco asustada.

—¡Eso está bueno, Bléisers! —dijo Flora aprobando—. ¿Cómo se llama esa?

Zaidee sonrió siniestramente.

—Maldad pura.

—Impresionante —dijo Flora—. Estoy pensando que podrías esconderte en el vestidor junto a mi hermana y hacer del fantasma de María Antonieta.

Zaidee dijo:

—La aplicación de voz es genial, pero necesitamos algo más para hacerle creer.

Estuvieron en silencio por un segundo. La planificación de bromas era un trabajo cerebral serio. Entonces, habló Zaidee:

—¿Y si conseguimos que alguien use una de esas máquinas de niebla para llenar su vestidor con un vapor? Un niño de mi antigua escuela tenía uno y siempre lo usaba en el baño de los maestros. Creo que podríamos pedirlo muy barato en línea.

Flora estaba impresionada. Bléisers era mejor en ser mala de lo que esperaba.

—¡Me gusta! —dijo Flora—. Pero no puedo ser yo. Necesito estar fuera del vestidor para desmentir. Y tú estarás ocupada siendo la voz de María Antonieta.

Desmentir era una de esas palabras que siempre usaban en el programa policial que a su padre le gustaba.

—¿Qué hay de Aidan y Aditya?

—¿Esos payasos?

Zaidee no parecía desconcertada.

—Apuesto a que serían geniales haciendo bromas.

Flora lo pensó durante un minuto.

—No estás equivocada. Les preguntaré.

CAPÍTULO 26

Los fantasmas son buenos, los sapos no están bien

Como era de esperarse, Aidan y Aditya habían dicho que sí al plan inmediatamente. Al siguiente fin de semana, arrancó todo. Maylin recibió una llamada de la vendedora, diciéndole que viniese al día siguiente para ver la nueva colección de vestidos.

Aidan y Aditya serían llevados al centro comercial a las diez. Después de que Maylin estuviese en su vestidor, seguirían a una mujer al azar a la tienda y fingirían estar con ella.

Zaidee llegaría al centro comercial a las 9:30 y se escondería en la zona de los vestidores. Luego se colaría en el vestidor junto a la futura quinceañera tan pronto como llegase Maylin.

Maylin, Flora y su madre llegarían poco después de las diez. Maylin, sin duda, pediría ver la nueva colección de vestidos de la manera más malcriada y entraría rampante al vestidor como la desagradable Quincesilla del Este de Rhode Island. Entonces comenzaría la cacería.

Todo iba según el plan. Ayudó que fuese un día de tormenta, lo que según Flora le aportaría a todo lo fantasmal. Flora podía ver a Zaidee escabulléndose discretamente en el vestidor. Divisó a Aidan y a Aditya parados fuera de la tienda deportiva frente a la tienda de vestidos.

Tan pronto como Maylin se instaló en el vestidor, Zaidee le hizo una señal a Aidan y Aditya.

Entonces Zaidee entró al vestidor a la izquierda de Maylin. Aidan y Aditya entraron al vestidor a la derecha.

Por fortuna, la madre de Flora se había quedado afuera de la tienda para atender una llamada. Ella no conocía a Zaidee, pero habría reconocido a los chicos.

Resultó que Aidan tenía una máquina de niebla de bolsillo, así que estaban bien para pasar por esa entrada. El accionaría la niebla en el vestidor de Maylin y en cuanto estuviese perfectamente espesa, Zaidee le hablaría a Maylin en la voz del fantasma de María Antonieta.

El plan era *perfecto*.

Los chicos llenaron el camerino de niebla y Zaidee activó su teléfono. Una voz espeluznante alzó la voz con un acento francés chillón:

—Bonito vestido, querida. Definitivamente deberías comprar ese.

Pero Maylin estaba tan ocupada mirando a sus propios ojos y dando vueltas con su vestido, que no parecía darse cuenta.

Entonces toda la tienda se oscureció.

Flora pudo escuchar a su madre hablarles:

—Chicas, ¿están bien?

Maylin abrió el vestidor y dijo que lo estaba, aunque ahora parecía no estar tan segura.

Flora dijo:

—También lo estoy —se sentía muy valiente si se lo decía a sí misma.

Cuando las luces volvieron a encenderse, Aidan y Aditya estaban mirando por encima de la división del vestidor. Luego, sin previo aviso, dejaron caer un sapo gigante y viscoso de ojos rojos sobre la cabeza de Maylin.

Mientras Flora observaba el descenso del sapo, pensó: *Ay, caramba, Maylin va a aullar como si estuviese siendo asesinada.*

Pero Maylin no gritó. No dijo ni pío. Se desmayó. Quedó congelada ahí en el suelo.

Flora, Zaidee, Aidan y Aditya se apresuraron al vestidor de Maylin y se quedaron ahí parados sin saber bien qué hacer. No solo serían arrestados, podrían —pensó Flora— ir a la cárcel por esto. ¿Cómo era que lo llamaban en ese programa de policías? Eso es: agresión con intención de daño corporal.

Era muy bueno que la madre de Flora fuese doctora. Rápidamente se dio cuenta de que, aunque Maylin se acostó en el suelo durante lo que parecía una eternidad, en realidad estaba en *shock* y no estaba realmente herida. Su madre metió la mano en su bolso y abrió un frasco de sales aromáticas de uso médico y lo movió debajo de la nariz de Maylin. Flora pensó que olía como el limpiador de inodoros más fuerte.

Lo primero que Maylin dijo cuando volvió en sí fue:

—¡Tú, Flora, tú planeaste esto! Reconozco a tus amigos.

La madre de Flora se veía enojada. Se dirigió a Flora y a sus amigos como si fuese su madre.

—¡Chicos! ¿En qué estaban pensando?

Aidan se encogió de hombros.

—La niebla nos hizo pensar en sapos.

Aditya añadió:

—Y los sapos parecían una mejor idea que la niebla.

La madre de Flora sacudió su cabeza.

—Aidan, Aditya, ¿cómo van a volver a casa?

—Papá está abajo en la librería —dijo Aidan, mirándose los zapatos con culpa.

—*Okey*, creo que deben irse —dijo la madre de Flora. Ella sabía que los mellizos seguramente reportarían su comportamiento a su madre.

Aidan y Aditya dijeron:

—Lo sentimos, Maylin.

Luego, susurraron:

—Lo sentimos, Flora —y salieron.

Maylin estaba sentada, con la espalda apoyada contra la puerta del vestidor, abanicándose como una dama angustiada.

—¿Estás bien? —preguntó Flora sintiéndolo de verdad.

—Creo que sí —dijo Maylin en tono dramático.

—Flora, no conocemos a tu otra amiga —dijo su madre, mirando a Zaidee—. ¿Van juntas a la escuela?

Zaidee se sentó en una silla en el vestidor frente a Maylin y su mamá.

—Seeeh, se ve súper adulta, pero ella es Bléisers, quise decir Zaidee —dijo Flora—. Fui a su casa a hacer tareas hace unas semanas.

La madre de Flora se ofreció a llevar a Zaidee a casa. Las chicas entraron al auto, abrocharon sus cinturones y Flora le pidió a su madre poner una banda sonora que ella había hecho. Pero su madre dijo que no. Maylin se sentó en el asiento delantero mirando fijamente hacia el frente.

—Pude haber tenido un ataque al corazón y morir.

La madre de Flora la miró y dijo:

—No lo creo, querida.

Zaidee miró a Flora y Flora supo lo que significaba: "Estamos en tremendo lío, pero hicimos algo increíble".

Maylin, que claramente ya se sentía mejor pues se estaba aplicando brillo en los labios frente al espejo del auto, dijo:

—Pude haberme golpeado la cabeza, tener una conmoción y morir.

Esta vez, su madre no contestó. En su lugar, se volteó hacia Flora y dijo:

—Vamos, chicas, ¿en qué estaban pensando?

Flora tuvo que esconder su sonrisa.

—Solo íbamos a meterle miedo a Maylin con el fantasma de María Antonieta.

Zaidee añadió:

—Porque María Antonieta estaba obsesionada con la moda.

Flora pudo ver la expresión en el rostro de su madre en el espejo retrovisor. Se veía más confundida que enojada.

—Pero ¿qué tienen que ver los sapos con María Antonieta?

Flora se encogió de hombros.

—No tenemos idea. Fue idea de Aidan y Aditya. ¡Estábamos tan sorprendidas como ustedes!

—*Quelle folie!* —dijo Zaidee.

—Usar a los animales de esa forma no está bien —dijo Flora con severidad, con la esperanza de que mostrar remordimiento disminuiría el castigo que ciertamente le estaba esperando.

—Uhmm... —dijo su madre.

Luego le dio inicio a la lista de reproducción de música Broadway de Flora y no habló durante el resto del viaje.

CAPÍTULO 27

Castigada

Cuando llegaron a casa, la madre de Flora llamó a un doctor en el hospital, quien le aseguró que Maylin probablemente no tenía una conmoción, pero que debería mantenerse despierta y en observación minuciosa.

Maylin estaba en el sofá con una bandeja de picadas y el control remoto. Normalmente, Flora hubiese reclamado un espacio en el sofá y el control de la tele, pero se sentía mal de que Maylin se hubiese asustado por su broma.

—¿Por qué harías eso? —preguntó Maylin, con los ojos mojados por lo que Flora estaba segura de que eran lágrimas falsas—. ¿Qué te hecho yo?

Flora resopló. Quiso decir:

—Dame un mes y te hago una lista.

Entonces se le ocurrió: tal vez el propósito principal en la vida de Maylin no era hacer su vida miserable, o tal vez era que las personas no son de una sola forma. Tal vez Maylin podría ser un monstruo y una miedica a la vez. Sus padres vinieron a la sala de estar. Su padre se veía más decepcionado que enojado, lo cual era siempre peor de alguna forma.

—Flora, estás castigada por un mes —dijo—. Nada de encuentros después de la escuela con esa niña Zaidee. Nos preocupa que sea una mala influencia.

—¿Están bromeando? —preguntó Flora—. Bléisers es un pan de Dios. La broma fue idea mía.

—Entonces, ¿tú eres la mala influencia? —dijo su padre.

Flora asintió. Era importante para ella que sus padres no pensasen mal de su nueva amiga.

—¿Aún puedo ir a las clases de baile los miércoles por la noche? —preguntó Flora—. Adoro esas clases.

Su padre dijo:

—Eso depende de Maylin.

—Está bien —dijo Maylin, tornando sus ojos.

—Muchas gracias —dijo Flora—. Prometo que no lo vas a lamentar; y prometo, de ahora en adelante, que seré la mejor ayudante de quince que jamás se haya visto. Tus deseos son órdenes.

Maylin hizo una media sonrisa. La esquina derecha de su boca se levantó ligeramente.

—Bueno, me gusta como suena eso.

Al día siguiente en el desayuno, Flora abrió su cuaderno.

—A veces me olvido de cosas, así que voy a anotar todo lo que necesites que haga.

Su madre parecía impresionada.

—Tan responsable.

Maylin estaba haciendo su licuado matutino.

—*Okey*, niña. Esta es una grande. Asegúrate de escribirla.

Flora destapó su bolígrafo azul favorito.

—Estoy lista.

—A nadie le gustan las chupamedias —dijo Maylin.

Su padre miró a Maylin con reproche.

—Maylin, tu hermana está tratando de ayudar.

—Está bien —dijo torciendo los ojos—. Necesito conseguir tarjetas de agradecimiento. Quería conseguir papelería con monograma, pero no he visto ninguna que me guste.

—Puedo hacértelas.

Maylin parecía dudar.

—A mí me gustaría algo más elegante.

Flora dijo:

—¡Puedo hacerlas elegantes! Papá, si me llevas a la tienda de artículos de arte después de la escuela, puedo conseguir materiales y enseñarte diferentes estilos.

—*Okey*, pero no te hagas ilusiones —dijo Maylin—. Tengo serias dudas de que puedas hacer algo tan profesional como lo que necesito.

Flora sonrió. Estaba empezando a gustarle que la subestimaran. Le recordaba a un letrero que le gustaba del Boba Bruce Lee, una cita de Bruce Lee que decía: "Si te digo que soy bueno, probablemente dirás que estoy presumiendo. Pero si te digo que no soy bueno, sabrás que estoy mintiendo".

Decidió que no le diría nada a Maylin. Solamente se lo demostraría.

Al día siguiente después de la escuela, Zaidee la llamó cuando se acercaba al área de juegos.

—Ey, Flora, ¿aún estás castigada?

—Seeeh.

—¿Estás yendo a la tienda de tu papá?

Flora dijo que sí.

—Te acompaño —dijo Zaidee y Flora sonrió. Era algo muy a lo Clara.

Mientras caminaban por el Parque Wilcox, Zaidee dijo:

—Siento mucho que nuestra primera broma resultase un desastre.

—Está bien, Bléisers.

Zaidee dijo:

—Recibí una invitación al quince de Maylin. Me sorprende que me invitase después de toda la debacle del sapo.

Flora sonrió.

—Mi mamá la obligó para que yo tenga alguien con quien pasar el rato.

—Bueno, no puedo esperar. Nunca he ido a un quince.

En la tienda, las chicas se despidieron con un gesto de adiós y Flora se dirigió al escritorio en la parte de atrás, el cual había reclamado como suyo.

Flora revisó su lista de tareas. Matemáticas, fácil; Inglés, medio dura. Tomó su libreta de bocetos y empezó a dibujar libremente diseños que había encontrado en internet.

El primer ejemplo era un diseño tradicional. Una gran M en la mitad y luego una A y una L en ambos lados que representaban el segundo nombre y el apellido de Maylin, Abril y LeFevre.

Usando el programa Photoshop que la mamá de Clara le había regalado, Flora dibujó las letras en magenta y naranja, así como en los más tradicionales plateado y negro.

El segundo diseño tenía el primer nombre de Maylin en cursiva y su apellido como si hubiese sido grabado en madera. A Flora le gustó un montón. Luego añadió la dirección en la parte de abajo.

Estaba bien. Era mejor de lo que pensó que podía hacer. Pero no era digno de presumir a lo Bruce Lee. Flora decidió seguir trabajando en ello.

Una semana más tarde, una impaciente Maylin quería ver los diseños.

—¿Cómo van esas tarjetas de agradecimiento? —preguntó Maylin en el desayuno—. Ya sabes que falta menos de un mes para el quince.

—Quiero que sean perfectos.

Esa tarde, Flora tuvo una idea. Le envió los diseños por correo a la mamá de Clara y ella le dio consejos sobre los colores de la tinta y la colocación del texto.

El tercer diseño era el más difícil. Flora pensó que las tarjetas de agradecimiento del quince de Maylin deberían llevar en realidad una foto de Maylin. Todavía estaba en la duda. Nada de lo que dibujaba en sus bosquejos le parecía suficiente.

Entonces, un día después de la escuela recibió un mensaje de texto de la mamá de Clara:

—Flora, cuando tengas un momentito, llámame. Tengo una idea.

La tía Mariana le preguntó:

—¿Tienes un retrato del quince de Maylin?

Flora lo tenía.

—Puedes usarlo en Photoshop para hacer un bosquejo a lápiz en blanco y negro que puedes usar para hacer un retrato en acuarela.

—Pero ¿eso no es hacer trampa? —preguntó Flora—. De ninguna manera —dijo la tía Mariana—. Eso es usar la tecnología. Incluso Miguel Ángel usó espejos para hacer su arte.

Esa noche, en Zoom, la tía Mariana aconsejó a Flora para hacer el bosquejo. El papá de Flora se sentó junto a ella, dispuesto a ayudar.

Flora descansó mientras la imagen llenaba la pantalla. Era una hermosa foto de Maylin sosteniendo un bouquet de quince con hortensias azules y moradas. Tenía que dárselo a su hermana. Se veía tan linda y tan crecida.

—Primero —dijo la tía Mariana—, tenemos que quitar todo el color de la imagen. Eso lo haces moviendo la saturación hasta el final, hasta menos cien.

Flora hizo como le aconsejaban y la foto de Maylin se hizo blanco y negro.

—¡Bueno, Flora! —dijo la mamá de Clara—. Ahora vas a invertir la foto.

De pronto, la cara de Maylin parecía un negativo, con bordes negros rellenos de gris.

—Luego aplicas un filtro de desenfoque —dijo la tía Mariana—. Mira, estás haciendo el trabajo. La tecnología es una gran herramienta para los artistas.

Flora miró a la pantalla; era un contorno en blanco y negro del retrato de Maylin que parecía haber sido dibujado a lápiz. Se parecía a ella.

—Es genial —dijo su padre—. Gracias, Mariana.

Mariana sonrió a través de la pantalla de la tableta.

—Ah, no es nada. Flora hizo todo el trabajo. Ahora puedes imprimir tantas copias como quieras en papel de acuarela. Usa eso como base para tu boceto.

—Estoy muy emocionada —dijo Flora.

—Yo también. Es muy amable de tu parte trabajar tan duro en este regalo para tu hermana. *Okey*, mejor me voy.

Pero envíame un correo electrónico y dime cómo te va.

—Te extrañamos mucho —dijo Flora en voz baja, pensando en el tiempo que había pasado desde que podía ir caminando por la calle a la casa de Clara.

—Oh, nosotros también te extrañamos. Clara está tratando de hacer nuevas amigas, pero nadie te reemplazará jamás. Eres más que una amiga; eres la hermana que Clara nunca tuvo. Mariana le dio un beso en la pantalla y luego se marchó.

CAPÍTULO 28

Acuarelas

Durante los siguientes tres días, después de la escuela, Flora hizo acuarelas de Maylin en la tienda de su padre. Él ponía periódico sobre el escritorio y ella ponía sus pinceles y pinturas.

Hizo pequeños ajustes en la piel de Maylin, tratando de obtener el tono exacto de marrón miel. El pelo de Maylin era fácil: su pelo ondulado en cascada estaba hecho para acuarelas. Flora añadió manchas de marrón dorado al cabello negro azabache, para darle a su hermana los reflejos por los que siempre estaba rogando.

A continuación, jugó con el color lavanda del vestido de Maylin y los acentos de diamantes de imitación de la corona. La mejor parte fue pintar el ramo de Maylin. Flora pensó que podía jugar para siempre con los azules y morados más profundos de los pétalos en forma de nube y las hojas de color verde brillante del ramo.

Finalmente, cuando tuvo una versión con la que estaba contenta, añadió un rubor rojo rosado a la mejilla de Maylin y un matiz lavanda plateado a los diamantes de imitación de su corona de quince.

Cortó la tarjeta como un cuadrado grande. Luego, usando un bolígrafo de caligrafía, escribió en la parte superior del reverso:

Mil gracias. Su amiga, Maylin.

—Papá —dijo en voz baja—. Creo que he terminado.

Su padre se acercó al escritorio y sus ojos se abrieron mientras sostenía su obra de arte.

—Flora, querida —dijo—. Eso es más que hermoso.

La agarró para darle un abrazo.

—No podría estar más orgulloso de ti. El talento y el tiempo que invertiste en esto fue extraordinario.

A Flora le gustó escuchar que estaba orgulloso de ella.

—¿Crees que a Maylin le gustará?

—¿Gustarle? Le va a encantar.

Cuando llegó el momento de cerrar la tienda, su padre la ayudó a colocar cuidadosamente la imagen en una carpeta y luego en un portafolios de cuero que usaba para sus diseños más importantes.

Cuando llegaron a casa, su madre estaba de pie junto a la estufa, cocinando. La cocina estaba inundada con sonidos de música de salsa.

Maylin se sentó en la isla de la cocina, estudiando un tutorial de maquillaje sobre cómo hacer el delineado de ojos perfecto, como si fuera un video de la Academia Khan sobre física cuántica.

Flora se sentó a su lado.

Su padre se lavó las manos, luego sostuvo a su madre por la cintura, llevándola hacia él. Sus padres empezaron a bailar juntos. Flora sonrió, eran muy buenos. Ella apostaba a que podrían haber sido profesionales.

Maylin no le encontraba la gracia.

—¡Vamos! ¿Estás bailando o cocinando?

Flora, a quien le encantaba ver a sus padres bailar, dijo:

—No seas tan estúpida. Están haciendo las dos cosas.

Por supuesto, fue la palabra "estúpida" la que llamó la atención de su madre.

—Flora —le advirtió su madre—. ¡Habla con respeto, mija!

—Pero ella es la que está siendo grosera —se quejó Flora.

No podía creer que hubiese pasado cada momento libre trabajando en las tarjetas de agradecimiento del quince de Maylin. Estaba tan enfadada que le pasó por la mente romper todas las muestras.

Después de la cena de esa noche, mientras les servía a cada una una cucharada de sorbete de mango y chile, el padre de Flora preguntó:

—¿Tienes algo que mostrarle a Maylin, Flora?

Flora trató de darle su mejor mirada fulminante de Darth Vader.

—No sé, papá —dijo.

—Creo que sí —dijo, dirigiéndose a la mesa de la entrada de la casa y regresando con el portafolios de cuero—. Aquí tienes.

—Gracias, papá —dijo Flora gruñendo.

Cuando creciera, quería cambiar su segundo nombre a "Está bien, tú ganas", porque esa era la historia de su vida. Ella era Flora "Está bien, tú ganas" LeFevre y siempre estaría en segundo lugar después de Maylin, sin importar lo mal que se comportara su hermana.

Al encontrar un lugar sin helado en la mesa del comedor, Flora dijo:

—Maylin, tengo tres opciones para mostrarte.

—Ya era hora —dijo Maylin.

—El primero es un monograma tradicional.

Maylin lo miró.

—Guao, estoy impresionada. Definitivamente podría ser este.

—La opción dos es un poco más juguetona.

Flora le mostró a su hermana la tarjeta con su nombre en cursiva y su apellido en letra tipo bloque.

—Es este, definitivamente. Es elegante pero genial. Bien hecho.

Su madre dijo:

—¿Podría hacer un pedido de mis tarjetas de notas en el estilo dos? A mí me cae bien.

—¡Claro! —dijo Flora—. La tía Mariana me dio el nombre de una imprenta en New Heaven que puede hacer copias en cartulina en cuarenta y ocho horas.

—Pero hay uno más —dijo su padre, guiñándole un ojo a Flora.

Maylin dijo:

—No necesito verlo. Me gusta el número dos y me enorgullezco de ser muy decidida.

—Creo que querrás ver este —dijo su padre.

Flora sostenía la carpeta con la acuarela en la mano. Para su sorpresa, su mano temblaba un poco. Si a Maylin no le gustaba, si decía algo malo, Flora sabía que iba a llorar.

Su padre parecía leer su mente. Puso una mano tranquilizadora sobre su hombro y le dio un apretón.

—Está bien, Flora. Muéstraselo.

Flora habló en voz baja.

—Quería hacer un estilo más, que realmente capturase lo increíble que te verás en tu retrato de quince. Siento que hayamos hecho esa estúpida broma cuando te estabas probando los vestidos. Espero que tengas el mejor quince de la historia.

Pudo ver a sus padres intercambiar miradas.

Maylin parecía sorprendida de escuchar la disculpa de Flora.

—Guau, gracias, hermana —dijo con voz suave.

Flora sacó el retrato en acuarela y lo puso sobre la mesa. Ella lo tomó por un segundo. El dibujo se veía mucho más bonito enmarcado por la madera de la mesa de su padre.

Sintió los brazos de su madre a su alrededor.

—Ay, niña, eres una maravilla. Esta es una de las cosas más hermosas que he visto.

Maylin estaba inusualmente callada.

Luego dijo:

—Se parece a mí. ¿Cómo lo hiciste?

Flora se encogió de hombros.

—Tuve mucha ayuda de la tía Mariana.

Su padre agregó:

—Pero estuviste horas y horas trabajando para lograr que estuviese perfecto. Muéstrale la parte de atrás de la tarjeta.

—Mil gracias. Su amiga, Maylin — su hermana susurró, leyendo el texto.

—Está perfecto. Más que perfecto.

Entonces ella se volteó hacia Flora y preguntó:

—¿Hiciste todo esto por mí?

Flora asintió.

—Por supuesto. Las hermanas se cuidan entre sí.

Entonces su hermana hizo algo que no hacía desde que ambas estaban en la primaria. Maylin la abrazó y, por lo que a Flora le pareció un momento muy largo, no la soltó.

CAPÍTULO 29

Un milagro quinceañero

Nadie en casa de Flora durmió la noche anterior al quince, excepto por Maylin. La madre de Flora y su tía Janet estaban haciendo empanadas para la recepción, usando la receta de la tía Mariana. Podrían haberlas comprado, pero incluso trabajando turnos dobles toda la semana en el hospital, la madre de Flora no podía evitar hacerlas ella misma.

Su padre se sentó en la sala de estar viendo los mejores momentos del partido de la Copa América, mientras llenaba distraídamente las bolsas de fiesta con golosinas de quince para todos los invitados.

—Presta atención —dijo su madre, sin siquiera mirar hacia la habitación—. Estoy segura de que te están faltando algunas.

El padre de Flora le guiñó un ojo mientras miraba las bolsas.

—Las arreglaré —dijo—. Y nadie se dará cuenta.

Flora sonrió.

—Te ayudaré, papá.

Se sentó en el suelo, con las piernas entrecruzadas, junto a la mesa con las bolsas y acababa de empezar a inspeccionarlas para ver cuáles necesitaban ser arregladas, cuando escuchó un fuerte golpe en la puerta.

Su madre gritó:

—¡Flora! ¿Puedes abrir la puerta?

Flora se preguntó: *¿Quién toca el timbre a las siete de la mañana?* Pero ella sabía que podía ser cualquiera: el tipo de la tienda, el servicio de comidas para fiestas o la floristería. Había tantas personas involucradas en la coronación de Maylin, que su padre colgó un tablón de anuncios gigante en la cocina con fotos, números de teléfono celular y notitas multicolores. El verde significaba que la persona estaba lista para irse. El amarillo significaba que alguien necesitaba devolver la llamada y el azul era para todas las cosas que se habían comprobado dos veces.

—El solo hecho de mirar este tablero me da dolor de cabeza —dijo Flora, deteniéndose para tratar de entenderlo todo.

—¡Flora! —su madre gritó una vez más—. ¡La puerta!

Mientras se acercaba a la puerta, Flora gritó:

—¡Ya voy! ¡Ya voy!

Como si quien tuviera el descaro de llamar a la puerta a las siete de la mañana pudiera irse si no respondía de inmediato. (A ella le encantaba la palabra *descaro*. La había aprendido de Zaidee y lo que más le gustaba era lo aburrida y genial que la hacía sonar).

Ni siquiera se molestó en mirar a través de la mirilla, ya que eso habría implicado arrastrar una silla hasta la puerta para poder levantarse lo suficiente como para ver. Ella solo abrió la puerta de golpe.

—¡Hola! —dijo Clara.

Flora parpadeó. ¿*Clara*?

—Flora, deberías haber preguntado quién era —dijo la tía Mariana, sacudiendo el dedo en esa forma tan particular de la tía.

Clara y su madre estaban de pie en su porche delantero como lo habían hecho un millón de veces antes. Como si hubieran caminado tres cuadras en lugar de volar tres mil millas.

—¿Vas a dejarnos entrar? —dijo la tía Mariana.

—Creo que está en *shock* —dijo Clara con seguridad.

Ella hizo como si colocase un estetoscopio invisible al corazón de Flora.

Flora sacudió la cabeza con incredulidad.

—¿No? —preguntó Clara, disfrutando claramente del poder de su sorpresa—. ¿Quieres que nos vayamos?

Entonces, Flora jaló a Clara para darle un abrazo tan fuerte que temía que pudiera hacer estallar a Clara como un globo.

La madre de Flora vino de la cocina y dijo:

—¡Flora! ¡Invítalas a entrar! Hace frío afuera.

Era muy temprano, en una mañana de mayo, el sábado del fin de semana del Día de los Caídos. Incluso a las siete de la mañana, Westerly estaba a sesenta grados. Pero para un panameño —Flora lo sabía— eso era bastante frío.

—No puedo creer que estés aquí —susurró Flora, mientras cargaba las maletas de ella y de la tía Mariana hasta la habitación de huéspedes—. Me parece que estoy soñando.

Clara tocó la frente de Flora.

—No tienes fiebre.

Entonces Clara se pellizcó las mejillas.

—¡Y estoy cien por ciento segura de que estás aquí, así que no es un sueño!

El desayuno fue algo alborotoso, al estilo panameño. El tío Rogelio y el tío Luca estaban con Delfina, quien ya había aprendido a caminar. Maylin se sentó en la cabecera de la mesa y a su lado estaba su mejor amigo, Frankie, que se había quedado por la noche. Janet, la tía de Flora estaba ahí, al igual que los padres de Flora y —por supuesto— Clara y la tía Mariana.

—Realmente estás aquí, de veras —dijo Flora, tomando bocados distraídos de su hojalda.

—Lo estoy.

La tía Mariana dijo:

—Cuando vi lo duro que estabas trabajando en el quince de Maylin, reservé los boletos para nosotras al día siguiente, Flora. Queríamos estar aquí para el evento, pero también me di cuenta de que tú y Clara necesitaban un tiempo de amigas.

—Te he echado de menos —dijo Flora.

—Yo también —dijo Clara.

—Pero te gusta California...

—Es diferente —explicó Clara—. Lo verás cuando vengas de visita.

Flora colocó el codo sobre la mesa, sabiendo que sus padres estaban demasiado ocupados para darse cuenta.

—¿Cuánto tiempo te quedarás?

—Hasta el martes.

Tres noches enteras, pensó Flora. Parecía como muchísimo y poquísimo.

CAPÍTULO 30

Actuación de hermana

Era el atardecer, cuando la familia llegó a la casa para la celebración de los quince de Maylin. Toda la familia, junto con Clara y la tía Mariana, había ido a la iglesia para el culto, luego a la playa para tomar fotos. Mientras estaban fuera, su patio trasero se había transformado. Había una carpa gigante que llegaba desde la casa hasta el pequeño arroyo detrás del patio. Las mesas rodeaban la periferia. En el centro de la tienda, había una pista de baile con una luz que hacía brillar a una M cursiva gigante en el centro del suelo. Guirnaldas de luces colgaban en la parte superior de la tienda, proyectando sombras centelleantes por la pista de baile.

Zaidee entró en la carpa y Flora le dio un abrazo.

—¡Me alegro de que estés aquí!

—¡Yo igual!

Zaidee levantó la vista y jadeó.

—Parecen un millón de...

—Estrellas —susurró Flora.

Flora se sintió nerviosa al presentarle Clara a Zaidee. No quería que Clara pensara que la había reemplazado. Pero cuando Zaidee llegó al quince, sabía que era como con una curita: solo tenía que hacerlo rápidamente.

Hablando más rápido que su madre insultando en español a alguien que la hizo enojar, Flora dijo:

—Clara, quiero que conozcas a mi nueva amiga Zaidee.

—Hola, Zaidee.

—Encantada de conocerte.

Clara miró de cerca a Zaidee. Le preguntó:

—¿Alguna vez te dijeron que pareces una chica de secundaria?

Zaidee sonrió.

—Mucho. Mis padres son altos.

—Entonces, ¿cuál es nuestro plan de ataque? —preguntó Clara, abrazándose con Flora y Zaidee.

—¿Vamos a atacar a alguien? —Zaidee preguntó, pareciendo confundida.

—No a alguien, algo: la comida —explicó Clara.

—Toda esa deliciosa comida. Esa es la mejor parte de los quince años: la comida.

—Empanadas —dijo Flora con decisión—. Luego, pastel. Luego la barra de chocolate caliente.

Y, de repente, se sintió bien tener a Clara y Zaidee allí. Parecía que el sol y la luna brillaban al mismo tiempo.

Maylin bailó un vals clásico con su padre. Entonces, su padre y su madre bailaron juntos. Se suponía que Flora saldría a continuación y bailaría con su primo Francisco, que tenía doce años. Pero Francisco estaba más que feliz de sentarse durante el baile y jugar videojuegos en la sala de estar. Afortunadamente, en el siguiente set la corte del quince entró a la pista de baile antes de que ella pudiera darse cuenta.

Flora fue a saludar a su abuela y la encontró chismeando en español con un grupo de mujeres mayores. El señor Carter, el caballero amigo de la abuela, estaba sentado en una mesa solo, así que Flora fue a saludarlo.

Le dijo:

—Oiga, señor Carter. ¿Le molesta cuando la abuela habla español y no entiende?

Él sonrió y dijo:

—Todos los días, tu abuela me dice: "Te amo, Julius". Ese es todo el español que necesito saber—.

Flora sonrió.

—Tú sabes, Flora —dijo el señor Carter—. Uno de estos

días, toda esta fanfarria va a ser para ti. Tu abuela y yo esperamos bailar cuando seas quinceañera.

A Flora le gustó la forma en que dijo la palabra española, lenta y cuidadosamente, como si cada sílaba estuviera goteada en miel.

—Oh, no voy a tener un quince años elegante, señor Carter —dijo—. Esto no es para mí.

La abuela regresó y puso sus brazos alrededor del señor Carter.

—¿Escuchas eso, Julius? Son Ella y Louis. Creo que esa es nuestra señal para bailar.

El señor Carter se levantó y tomó la mano de la abuela.

—Sí, señora.

Luego se volvió hacia Flora.

—No estés tan segura de que no eres del tipo gran vestido de baile de quince, Flora. Yo, por mi parte, creo que serías la sensación en una fiesta como esta.

Flora lo vio hacer girar a su abuela hacia la pista de baile.

Encontró a Clara y Zaidee sentadas en el patio frente a la casa del tío Rogelio, justo enfrente de la pista de baile de madera que un equipo había instalado a las seis de la mañana.

Maylin se alineó con su corte, mitad susurrando, mitad gritando instrucciones:

—Recuerden. Es una formación de cruz. Comenzamos con el vals, luego cuando el DJ baja el ritmo, le damos al merengue, a la cumbia y luego el enrollado de cuerpo de *bhangra*.

La música comenzó y la corte tomó el centro del escenario. Siete chicas. Siete chicos. Y Maylin en el medio como la número quince.

La música comenzó lentamente y los chicos, especialmente, parecían incómodos con los movimientos de baile más formales.

Maylin siguió contando, lo suficientemente fuerte como para que los otros invitados pudieran oír.

—Es uno y dos, tres y cuatro, chasquear, cruzar, girar y luego saltar.

Maylin dejó de bailar y miró a su alrededor frustrada.

—¿Por qué nadie está saltando?

Los bailarines de la corte de Maylin trataron de seguir sus instrucciones, pero algunos de ellos, inevitablemente, comenzaron a moverse a su propio ritmo.

Maylin señaló al DJ.

—¡Detén la música! ¡Detén la música!

Luego miró a sus bailarines fijamente.

Clara dijo:

—Veo que Maylin el Monstruo está haciendo de las suyas.

Flora suspiró:

—Ay. Parece que Maylin está retrógrada. Déjame ir a hablar con ella.

Clara dijo:

—¿Ya no la odiamos? Tienes que ponerme al día sobre a quién estamos odiando.

Flora se encogió de hombros.

—La odiamos un poco menos.

Se acercó a Maylin, cuyos dos mejores amigos estaban tratando de consolarla.

—Vamos, Maylin, la fiesta está muy buena —dijo Frankie dándole ánimos.

Jade intervino:

—Westerly nunca ha visto nada como esto, chica. Confianza.

Nina, la coreógrafa, trató de ayudar. Le dijo:

—Oye Maylin, cálmate. Todo está bien, siempre y cuando todos se diviertan.

—¿Por qué debería calmarme? —Maylin dijo—. Hemos estado practicando durante meses y parecemos el carrete de *America's Got No Talent*.

—No importa, Maylin. Deja eso. Lo que importa es que te estés divirtiendo.

—No es "divertido" para mí que mi baile de gala, que se supone que sea deslumbrante, sea tan andrajoso.

Flora se sintió mal porque Maylin estuviera tan molesta, pero aún más, no quería que su familia y amigos recordaran el quince de Maylin como una escena de uno de esos colapsos de *My Super Sweet 16*. Miró a su hermana y vio lo asustada que estaba de sentirse avergonzada.

—Maylin, sé que notas todo lo que están haciendo mal —dijo Flora en voz baja—. Pero los invitados no lo saben. Parece que algunas personas están haciendo sus solos a su manera.

Maylin gruñó.

—Pero esto no sirve. Es mi quince. Nadie más que yo hace solos.

Nina puso su brazo alrededor de Maylin.

—Realmente, Maylin, no importa cómo empiece todo. Lo que importa es cómo lo terminas. Reagrupémonos y averigüemos cómo terminarlo con potencia. Creo que el próximo baile debería ser solo tú y tu hermana. Ella conoce todos los movimientos.

Maylin se echó a reír. Con una risa de bruja maligna que hizo a Flora sentirse mal. Dijo:

—Tiene diez. No tendré mi gran momento de quince con mi hermanita mocosa.

Nina insistió.

—Deberías bailar con ella, Maylin. Es muy buena.

Maylin lo consideró por un momento. Flora trató de dejar de saltar arriba y abajo con emoción, pero no pudo.

Flora dijo:

—Maylin, lo prometo. Conozco todos los pasos. Haré que te veas bien.

Maylin estuvo callada durante mucho tiempo.

—Está bien —dijo—. Pero Flora, ya verás, si me arruinas esto, encontraré cinco millones de maneras de acabar con tu vida.

Flora sonrió. Estaba empezando a darse cuenta de que cuanto más nerviosa se ponía Maylin, más ridículas se volvían sus amenazas.

—Vamos, hermana —dijo Flora—. Lo tenemos.

Maylin y Flora salieron a la pista de baile y, a su señal, el DJ cambió la música de una clásica balada española a un reguetón.

Las dos chicas salieron corriendo a la pista de baile y juntas, movieron los hombros, se alejaron y se curvaron, dieron vueltas y se acercaron. Nina le había dado a Flora el mejor consejo:

—No pienses en los pasos, solo escucha, realmente escucha la música y estarás bien.

Al principio, cuando todos los pasos parecían misteriosos e imposibles, Flora no le creyó. Pero cuanto más se movían, más podía Flora sentirlo.

Nina le dijo a Flora que la coreografía era menos sobre los pasos elaborados, sino sobre encontrar los dos o tres movimientos que podrías hacer con confianza.

—Y sonríe —dijo Nina—. Todo el mundo se ve mejor cuando se divierte.

Nina también compartió lo que consideraba el mejor truco que había aprendido en una clase de baile.

—Si olvidas un movimiento, simplemente gira hacia el público y haz el movimiento universal "más fuerte" con la mano. Es como si los estuvieras invitando a participar. Lo llamo "el rapero".

Fue útil sentir que había una tarjeta de "Olvídate la coreografía" si todo salía mal. Pero todo salió bien. Flora no olvidó ni un solo movimiento.

Miró a su alrededor y pudo ver que Clara y Zaidee estaban de pie y balanceándose de un lado a otro. Sus padres parecían tan felices. Casi parecía un sueño. Al final, Flora agarró la mano de Maylin. Maylin giró y luego se levantaron y abrazaron, terminando con una venia que provocó una ovación de pie de toda la sala. Cuando terminaron, hubo aplausos incontrolables. Flora buscó a su familia entre la multitud. Los padres de Flora, sus tíos y su abuela aplaudían y sonreían ampliamente.

El DJ tocó otro clásico del reguetón y Flora y Maylin fueron alrededor, llevando a sus amigos y familiares a la pista de baile. Los padres de Flora se unieron a ellos y su padre mostró su estilo de principios de la década del 2000. Su abuela se bailó hasta el suelo. Los amigos de Maylin se unieron, al igual que Clara y Zaidee. Flora no podía creer lo divertido que era.

Cuando todos se sentaron, su tío Rogelio subió a la cabina de DJ y cogió el micrófono. Dijo:

—¡Un fuerte aplauso para mis sobrinas! ¡Flora y Maylin!

Las más o menos cien personas que llenaban el patio entre la casa de Flora y la de sus tíos aplaudían con manos y pies.

A Flora le encantaba que los panameños nunca hicieran una cosa, solo aplaudir, cuando podían hacer dos cosas, aplaudir y zapatear.

El tío Rogelio les pidió a todos que levantaran su copa en un brindis por la chica del quince y dijo:

—Estamos aquí para celebrar a nuestra quinceañera, Maylin Abril Candela Castillo LeFevre. En nuestra cultura, el quince es el comienzo de un nuevo capítulo en la vida de una mujer joven. Maylin, no podemos esperar a ver qué haces con tu vida y todos tus dones. Pero queremos que sepas que todos estamos aquí no solo por las empanadas y el dulce de leche, sino para que tú y tus padres sepan que nosotros te tenemos. Estaremos aquí para apoyarte y sostenerte en cada paso del camino.

Cuando terminaron todos los discursos, las chicas se dirigieron a la barra de chocolate caliente y llenaron sus tazas de lata con chocolate pegajoso caliente y todos los dulces.

—Eso fue increíble —suspiró Clara.

—Fue divertido, pero ya sabes. No creo que todo esto del quince sea para mí —dijo Flora, mirando todo.

—Para mí tampoco —dijo Clara de acuerdo.

—Podrías cambiar de opinión en cinco años cuando cumplas quince años —dijo Zaidee.

—Supongo que tienes razón —dijo Flora.

—No, nunca va a suceder —dijo Clara.

—Mi madre dijo que, si no quería tener un quince, podrían usar el dinero que habrían gastado en una gran fiesta para llevarnos a mí y a una amiga de viaje —explicó Flora.

—Ooh —dijo Clara, frotándose las manos, como si estuviera tramando algo—. ¿A dónde irías?

—No sé —dijo Flora—. Tal vez París.

—No es muy panameño de tu parte, Flora —dijo Clara.

—Lo sé —dijo Flora—. Pero quiero cazar al fantasma de María Antonieta.

Zaidee se rio y dijo:

—¿Crees que tus padres te dejarían invitar a dos amigas?

Flora olfateó.

—Espero que sí. Quiero decir, mira esta fiestota. DJ. Carpas. Pista de baile. Comidas. Floristas. Esta fiesta cuesta una fortuna.

—Podría ir como tu traductora —dijo Zaidee.

—Ese es la cosa —dijo Clara— ¿Puedes traducirme eso?

—*C'est le truc* —dijo Zaidee.

—Me gusta —dijo Clara, extendiendo la mano para chocarla con la de Zaidee—. Estás contratada.

Flora no dijo nada. Se sentó en silencio observando las guirnaldas de luces, a toda su familia y amigos riendo y bailando bajo las estrellas. Zaidee resultó ser una verdadera amiga. Clara no se había olvidado de ella, las piezas de Humpty Dumpty de su vida se habían unido de nuevo. Clara tenía razón. Fue un milagro de quince.

En las tiras cómicas, cuando los personajes de diferentes universos se unen, como en el *Spider-verso*, todo sale mal. El dicho era: Los mundos colisionan.

Pero Flora parecía haberlo logrado. Los mundos habían chocado, pero todo estaba bien. Tenía una nueva amiga y su amiga para siempre, e incluso las cosas con su hermana mayor iban mejor de lo esperado. Respiró hondo y se maravilló de lo dulce que era el aire salado.

Clara la miró.

—Flora, ¿estás oliendo el mar?

Ella asintió. Lo estaba y, como decía su tío, olía a casa.

AGRADECIMIENTOS

Este libro está inspirado en mi hija Flora y su amiga Clara. Su amistad comenzó cuando todos vivíamos en Palo Alto y las chicas tenían nueve años. Luego volvimos a Nueva York y ahora vivimos en Londres, pero la amistad de Flora y Clara sigue siendo fuerte. Siempre hay lágrimas cuando se separan, pero muchas risas cada vez que se reúnen.

Cuando tenía la edad de Flora, estaba muy interesada en tener una mejor amiga que anotase todos los puntos en el B-F-F-ómetro. Pero a medida que crecía, tuve la buena suerte de conocer a una gran variedad de amigos, cada uno con su propio tipo de magia y la osadía de unirse a mí en todo tipo de aventuras. Algunos de mis amigos favoritos ahora son personas que pensé que nunca me querrían porque eran demasiado geniales, hermosas, inteligentes y seguras de sí mismos. He aprendido que nadie se ve a sí mismo de la manera en que crees que lo hace y que la amistad puede crecer donde menos lo esperas.

Así que, por todas las lecciones sobre el arte de la amistad, quiero dar las gracias a algunas de mis amigas más queridas, como Steffi Michel y la madre de Clara, Mariana, que me conocieron en medio de una crisis y se unieron para sacarme de ahí, así como a amigas más nuevas, como Erica Green y Megumi Ikeda. Este libro también fue reforzado por los constantes arreglos de hermana con mi querida Caroline Kim Oh.

Gracias y abrazos a mi editora Nancy Mercado, que realmente ve quién soy y me ayuda a llevar a la página las historias que vine a contar. Estoy agradecida por las manos capaces y reflexivas de la editora asociada Rosie Ahmed y la edición de Regina Castillo y Margarita Javier. Es muy divertido trabajar con todo el equipo de Dial, incluyendo a la increíble Elyse Marshall y el equipo de imágenes: la diseñadora Cerise Steel y la directora de arte Jennifer Kelly.

Coronas de quinceañera y empanadas recién hechas a Kimberly Witherspoon, Jessica Mileo y todo el equipo de gestión de Inkwell. Jason Clampet es mi concolón, la bondad al final de cada largo día.

Tuve la gran fortuna de formar parte de la clase inaugural de creadores que asistieron a un retiro en Milkwood, un retiro verdaderamente único para la comunidad de libros infantiles. Por toda la inspiración, la buena comida y el aliento, gracias a Sophie Blackall y Ed Schmidt.

Por último, gracias a mi querida amiga Sujean Rim por dar vida a Flora y a su mundo con sus hermosas ilustraciones. Sujean, me siento afortunada de conocerte, tanto adentro como afuera de las páginas.

¡EL PRIMER LIBRO DE UNA FABULOSA SERIE JUVENIL SOBRE UNA SIMPÁTICA NIÑA PANAMEÑO-ESTADOUNIDENSE QUE RESUELVE TODO CON CREATIVIDAD Y SENTIDO DEL HUMOR!